# 法外捜査2

石川渓月

双葉文庫

# 法外捜査2

## ―主な登場人物―

滝沢征司……「秀和」の調査員　元警視庁捜査一課刑事
霧島冴香……同調査員　元陸上自衛隊特殊任務部隊員
矢沢翔太……同調査員　元交番勤務の警察官
来栖修……同所長　元警察庁キャリア
沼田信三……同副所長　元公安警察官
佐々倉剛志……警察庁刑事局刑事企画課長　警視長
横光達也……同刑事局長　警視監
海藤重明……同警備局長　警視監
加世田智明……与党の衆議院議員
大久保隆司……同
角田誠……情報屋
立花勇司……渋谷の居酒屋店主
相良……冴香の父の弟子
牙……傭兵の生き残り　ナイフの使い手
Z……伝説の殺し屋　冴香の兄

# 1

雪道を歩いている。お兄ちゃんの手をしっかり握りながら。

道路の両側の林の枝が風で揺れている。雪が強くなってきた。お兄ちゃんが顔を向けてきた。大丈夫か。これで三回目かな。黙って頷いた。毛糸の帽子をかぶっているけど、ほっぺたが冷たい。でもお兄ちゃんの声を聞くと胸の中が温かくなる。

道路が雪で白くなってきた。転ばないように、お兄ちゃんの手を握る手に力を入れた。しっかり雪を踏んで歩いた。広い道路から林の中の細い道に入る。通いなれた道だけど、坂がきつくなる。急にランドセルが重たくなった。

お兄ちゃんが立ち止まり、顔を向けてにっこり笑った。お父さんには内緒だぞ。そう言ってしゃがんだ。背中に跳びついた。

お兄ちゃんが立ち上がり歩き始めた。背中、温かい。家に向かういつもの道。おんぶがお父さんにばれると、お兄ちゃんが叱られる。でも雪が降った日はいつもおんぶしてくれる。雪が強くなってきた。背中にしがみついた。

あれ、違う道に入っていった。辺りが急に暗くなった。

お兄ちゃん、お兄ちゃん。

何度も声をかけたが返事をしてくれない。きっと近道なんだ。そうだ、お兄ちゃんが見つけた近道なんだ。声には出さずジャンパーをぎゅっと握った。

お兄ちゃんが立ち止まり、身体を支えていた手を離して背中を大きく振った。

雪の中にお尻から落ちた。驚いて見上げた。振り返ったお兄ちゃんが見たことのない怖い顔を向けてきた。ここからは一人で帰るんだ。冷たく言って顔をそむけた。辺りは真っ暗だ。お兄ちゃん。声をかけようとするとお兄ちゃんの姿が消えた。辺りを見回した。何も見えない。真っ暗だ。雪がどんどん強くなる。

いやだ。一人にしないで。雪の中に膝と両手をついて叫んだ。いやだ。一人にしないで。

「お兄ちゃん」

自分の声で目が覚めた。激しい動悸が身体を揺さぶる。ベッドの上で上半身を起こし自分の肩をしっかり抱いた。身体中に冷たい汗をかいていた。

霧島《きりしま》冴香《さやか》は、そのままの姿勢で息を整えた。

夢に出てきたのは、小学生の頃に住んでいた長野の景色だった。学校から家に向かう道だ。小学校の帰り、雪が降ると、中学生だった兄の龍矢《たつや》は、いつも冴香をおんぶしてくれた。一人にされることなどなかった。家に帰れば、厳しい父が待っていた。母が亡くなった後、兄だけが支えだった。その兄に捨てられる夢。もう何日も続けて同じ夢を見ている。

兄が冴香の前から姿を消したのは十四年前だ。その兄が、突然、冴香の前に現れた。

裏社会で都市伝説と言われる始末屋、Zとして。

Zは、冴香が身を置く秀和《しゅうわ》が敵とする組織、スサノウの手先だった。

冴香はベッドから起き出し、カーテンを開いた。マンションの四階。窓の下には住宅が広がっている。兄との突然の出会いから一週間がたった。

八王子の廃工場をバイクで飛び出した。どこを走ったのかは覚えていない。たどり着いたのは、横須賀のジミーの店だった。

突然の訪問にもかかわらず、ジミーは快く受け入れてくれた。その時、どんな顔をしていたのか冴香自身にもわからない。だがジミーは、一目見るなり、何も話さなくていい、と言って温かいコーヒーを淹《い》れてくれた。そして、このマンションの部屋に入るように言われた。

ジミーと初めて会ったのは、冴香が陸上自衛隊の特殊任務部隊に所属していた時だった。沖縄で行われた、アメリカ海兵隊との非公式の合同訓練で、冴香が配属された部隊の指揮官だった。冴香の実力を認めると同時に、その行く末の心配もしてくれた。その心配の通り、冴香は自衛隊を去り秀和に身を置くようになった。新宿で起きた爆発事件を調べる過程でジミーを訪ねた。自衛隊を辞めてから会うのは初めてだったが、冴香の求めに応じて捜査のきっかけになる傭兵の情報をくれた。

ジミーは、海兵隊を除隊して、横須賀で外人専門のバーを開いている。民間人を装って、日本国内の様々な情報を本国に送る仕事をしているのだろう。

部屋の冷蔵庫には、パンや冷凍食品がたっぷり入っていた。電子レンジやオーブントースターもあった。

駐車場に駐《と》めてあるバイクが気になり、深夜に一度だけ部屋を出た。ちょうど、何人かが外から戻ってきた。全員、外国人だった。見た目は普通のビジネスマンだが、冴香の嗅覚は、男たちから危険な匂いを感じ取った。マンションには、ジミーの仲間や部下が暮らしているのだろう。

ポットのお湯でインスタントコーヒーを淹れた。ここに来てから、まともに食事をしていないような気がする。ジミーは、その後、声をかけてこない。

なぜ秀和の事務所ではなくジミーの下に来たのか、自分でもわからなかった。スサノウの始末屋Zが実の兄だったことを仲間たちにどう話したらいいのかわからない。今はみんなに会いたくない。無意識のうちにそう思っていたのだろう。

リビングのテーブルの上にはスマホが置いてあるが、電源は切ってある。何度も、滝沢《たきざわ》に電話をしようと手にしたが、かけられなかった。何をどう説明すればいいのかわからない。冴香自身にも、今の自分の状況がわからないのだ。

八王子の廃工場で冴香の前に立った始末屋Z。間違いなく兄の龍矢だった。あの状況なら、一瞬で冴香は殺されていた。だがZは突然背中を向けて走り去った。妹だとわかったのだろうか。

ドアフォンが鳴った。ここに来て初めて聞く音だ。冴香は立ち上がり、壁に据え付けられている受話器を手に取った。小さな画面に、白人の男が映っている。

「誰」

「ジミーの使いだ」

男はジャケットのポケットからカードを出して、カメラの前に差し出した。トランプのジョーカー。ジミーのサインも入っている。

「少し待って」

冴香は受話器を置いてから、自分が下着だけであることに気づいた。ベッドルームに入り、ラックにかけてあるジーンズとトレーナーを身に付けた。いずれもベッドルームのクローゼットに入っていたものだ。サイズは、男物の大きいサイズから、冴香にちょうどいいものまで、かなりの数と種類が揃っていた。

キッチンの棚から果物ナイフを取り出し、尻のポケットに入れた。

玄関に行き、チェーンを外さずにドアを開いた。

「どうした」

十センチほどの隙間から、男が中を覗き込むようにして言った。

「もう一度、カードを見せて」

「オーケー。そうでなくっちゃな」

男がカードを隙間から見える位置にかざした。

トランプのジョーカー。不気味に笑う道化師の絵柄の上にジミーのサイン。間違いなく冴香がジミーから受け取ったカードと同じだった。

ドアをいったん閉めてチェーンを外した。

男がドアを開けて玄関に入ってきた。身長は百八十センチは優にある。厚い胸板と太い腕は、ジャケットの上からでも、かなり鍛え上げられた身体であることがわかる。茶色に近い金髪を短く刈り込んでいる。年齢は二十代後半だろう。

「入って」

冴香は、男をリビングに入れた。

「俺のことは覚えていないか」

男がリビングのソファーに腰を下ろしながら言った。

冴香は、ダイニングテーブルを挟んだ位置に立った。どこかで会っているらしい。普段なら、一度見た人間の顔を忘れることはない。今は記憶を探る力もなかった。

男が微笑《ほほえ》みながら右手の人差し指を首の脇に当てた。そのままゆっくり頬まで動かした。そこで丸を書くような動きを二回して、こめかみまで上げた。

思い出した。

「蛇のタトゥーはどうしたの」

初めてジミーの店に行った時、声をかけてきた男だ。

冴香の問いに、男は両腕を広げて、大げさに首を振った。

「あれはペイントだ。あんなのが好きだっていう日本人の女と仲良くなるためさ」

「それも仕事の内なの」

男の顔から笑みが消えた。

「あんたは、ジミーの客だ。俺はジミーの言いつけ通りのことをする。何かしゃべっていいとは言われていない。余計なことは訊かないでくれ」

男は、わずかの間、冴香に厳しい目を向け、やがて身体の力を抜いて微笑んだ。

「日本語が上手なのね」

「俺は日本で生まれて、高校までは日本にいた。卒業してアメリカの大学に行った」

男は、意味ありげな笑みを向けてきた。

「座らないのか」

冴香は立ったままだった。

「心配しなくていい。ジミーの大切な客に何かするほど、俺は馬鹿じゃない」

冴香は、ポケットから果物ナイフを出してテーブルに置き、椅子に腰を下ろした。

「用件は？」

「今夜八時にジミーの店に来てくれ」

冴香は黙って頷いた。

「ジミーから、あんたの様子を見てくるように言われている。少しは食べた方がいいぞ」

男は、いったん冴香から目を逸らして部屋の中を見回すと、再び顔を向けてきた。

「この先どうなるのか全く知らないが、俺があんたとジミーのつなぎ役になりそうだ。サヤカと呼んでいいかい。それともキリシマさんと呼んだ方がいいかな」

「サヤカでけっこうよ」

「わかった。俺のことは」

「スネーク」

冴香は、男の言葉を遮《さえぎ》って言った。

「待ってくれよ。あれは女を喜ばせるためのペイントだと言っただろ」

「私の中では、あなたはスネーク。他には考えられない」

冴香の言葉に、男は苦笑いで頷き、部屋を出ていった。

ジミーには全てを話すつもりだ。黙ってこの部屋を与えてくれた彼に対する最低限の礼儀だろう。しかしこの先どうすればいいのか。

窓の外に目を向けた。秋を感じさせる青空が広がっている。心は動かなかった。

2

「冴香ねえさんから連絡は？」

矢沢《やざわ》翔太《しようた》が事務所に入ってくるなり、声をかけてきた。

滝沢征司《せいじ》は黙って首を振った。

翔太が肩を落とし、窓に歩み寄り外に目を向けた。

事務所には、秀和の所長、来栖《くるす》修《おさむ》と最年長の調査員で副所長の肩書を持つ沼田《ぬまた》信《しん》三《ぞう》も顔を揃えている。渋谷駅に近いマンションの八階だ。広いリビングを事務室にしている。

来栖は自分のデスクでスマホを耳に当て、かなり長いこと話をしている。

滝沢は、沼田とテーブルを挟んでソファーに座っている。

沼田は、八王子の廃工場で傭兵と戦った時の傷が完全に癒えていない。足の傷はさほど深くなかったが、右腕は十分に使えるとは言えないようだ。

滝沢自身は大きなけがはしていないが、八王子の一件以来、胸の内には常に重苦しい塊を抱えていた。相手は傭兵だ。撃たなければ殺される。極限状態だったとはいえ、生身の人間に向かって銃を撃ち命を奪った。今も傭兵に向かって引き金を引いた時の感触が指に残っている。夜中にうなされて目が覚めることも度々だった。そんな時に夢で見るのは、滝沢自身が銃弾を受けて血の海で倒れている姿だった。

銃を持って現場に向かった時点で、法律の外に身を置く覚悟をしたはずだった。腹を括《くく》るしかない。刑事ではないが、そこには正義がある。何度も自分に言い聞かせ、心の平静を保っている。

「静かだな」

沼田が声をかけてきた。

滝沢は黙って頷いた。滝沢も沼田も、新宿駅東口駅前広場の爆発事件が、単発で終わるとは思っていない。しかし三週間近くたった今も、第二の犯行はない。

新宿の事件について警察は、八王子の廃工場で暴力団と抗争を起こした半グレ集団が関わっているとみられ、さらに背景を捜査していると報道発表した。マスコミもその線で、連日、報道を続けている。捜査が難航していることに対する批判も大きい。

警察は決して表沙汰にしないが、捜査を難しくしている別の事情がある。警察の内部でスサノウと呼ばれる組織の存在だ。これまでは実在するのかわからなかったが、新宿の爆弾テロ事件以降、警察上層部に一員が入り込んでいるとしか考えられない情報漏洩《ろうえい》が続いた。誰を信用していいのかわからない。そんな疑心暗鬼が広がり、捜査の動きを悪くしている。

さらに警察庁の横光達也《よこみつたつや》刑事局長と海藤重明《かいとうしげあき》警備局長の警察庁長官の椅子を巡る争いが、捜査の複雑さに拍車をかけている。この期に及んでも、情報の囲い込みが続いているのだ。

秀和にとってもう一つの問題が、姿を消してしまった冴香のことだ。

八王子の廃工場に現れたZは、裏社会で都市伝説と言われる始末屋で、スサノウの手先だ。

冴香はZと対峙した時「お兄ちゃん」と言った。Zも冴香を目の前にして手を出さず走り去った。

何があったのかわからない。それでも冴香と伝説の殺し屋が兄妹だということは間違いないだろう。秀和の他のメンバーには、冴香とZのやり取りは話してある。

そのスサノウが一度だけ、来栖に接触してきた。三十年近い年月をかけて、警察組織だけではなく政財界やマスコミ、自衛隊など、日本の針路を左右する組織にメンバーを送り込み、それぞれが大きな影響力を持つようになったと告げた。何を目的にしているのかは、未だわからない。

「この事件、どう思う」

沼田がテーブルの上に、大手全国紙の夕刊を置いた。六本木と歌舞伎町で起きた殺人事件の記事が載っている。犯行があったのは、六本木が今日の午前二時頃、そして歌舞伎町は二時間後の午前四時頃となっている。被害者はいずれも二十代の男性で、ナイフのような刃物で胸を刺されていた。名前や職業は伏せられている。警察は二つの事件の関連も含めて捜査を続けているとしている。

「気になりますか」

滝沢は、新聞に目を向けたまま訊いた。

「八王子から消えた傭兵が動いている、とは考えすぎか」

沼田の言葉に、滝沢は顔を上げた。同じことを考えていた。

「所長に被害者の身元を調べてもらっている。佐々倉《ささくら》に訊けば教えてくれるだろう」

佐々倉剛志《たけし》は、警察庁の刑事局刑事企画課長だ。四十八歳で階級は警視長。いわゆるキャリアと呼ばれるエリート警察官僚だ。

所長である来栖の警察庁時代の先輩であり人生の恩人でもある。秀和の設立に深く関わっており、その背後には警察庁の横光刑事局長がいる。さらにその後ろには政治家か経済人がいるはずだ。

佐々倉の狙いは、秀和が集めた情報でテロ事件の捜査の主導権を握り、警察庁長官レースを、横光刑事局長にとって有利に運ぶことにある。

来栖がスマホを上着の胸ポケットにしまいながら近づいてきた。

「佐々倉氏から必要なことは聞けました。さらにこの二件の刺殺事件について、秀和で調べてほしいと依頼がありました。正式には、今夜会ってということになります」

来栖は、いつもの冷静な口調で言うと、近くの事務机の椅子を転がしてきて、滝沢と沼田を左右に見る位置に腰を下ろした。

滝沢は、翔太に目を向けた。窓際に立って、黙って外を見ている。声をかけずに来栖に目を戻した。

「この事件についてですが――」

来栖が、テーブルの上の新聞に、ちらっと目をやってから説明を始めた。

六本木の事件の現場は、以前、秀和の事務所があったマンションの近くだった。大通りから奥に入った道路沿いにある、バーとクラブが入るビルだ。四階と五階の間の階段の踊り場で、血を流して倒れている男が見つかった。ビルにはエレベーターがあり、階段を使う客はほとんどいないということだ。刃渡り二十センチ以上のナイフのような鋭利な刃物で、胸を一突きされていた。他に外傷はなかった。

歌舞伎町の事件も同じように、ビルの階段の踊り場で男が胸を刺されていた。こちらも外傷は胸の刺し傷一つだった。

「六本木の被害者は、小暮隼人《こぐれはやと》、二十八歳、歌舞伎町の方は千葉健吾《ちばけんご》、同じく二十八歳です。二人のつながりは、今のところ見つかっていないそうです。二人とも半グレグループではありませんが、喧嘩や恐喝、素人の女性を騙《だま》して風俗に売り飛ばす、そんなことが日常茶飯事ということです。紅蓮《ぐれん》との関係はまだわかっていません」

「小暮という男について、何か他の情報はありませんか」

滝沢は、来栖に顔を向けて訊いた。

「何か心当たりがおありですか」

「刑事時代に手掛けた事件に絡んでいた男に、同じ名前の男がいました」

「これ以上の情報はありません。新しい情報があれば、すぐにお伝えします」

来栖の言葉に頷いた。この後、改めて記憶を洗い直してみることにした。

「二人ともけっこうなタマだな。そんな男を踊り場に呼び出して一突きか。顔見知りでもない限り難しいな。しかもかなりの腕を持っていて場慣れしていないとできない芸当だ」

沼田が誰とも視線を合わさずに言った。

「警察もその見立てですが、報道発表は、同一犯も視野に入れ、二人の関係を含めて捜査中という線でとどめています」

「佐々倉は、傭兵について何か言っていましたか」

「そのあたりの話が、今夜出ると思います」

八王子の廃工場から姿を消した傭兵は、滝沢たちが牙と呼んでいる刃物を使う快楽殺人者だ。

「佐々倉の狙いが、今ひとつわかりませんね」

沼田が来栖に顔を向けた。

「この時期に起きた刺殺事件です。テロと関連がないかも含めて、徹底的に捜査するはずです。秀和に何を期待しているのでしょうか」

「これまで警察がたどり着けなかった紅蓮や傭兵の情報を、独自の方法で摑んだ。その力は認めている、とだけ言っていました」

「もうひとつ、何かありそうですが、今、秀和にできるのは、この線だけでしょう」

沼田が言って、滝沢に顔を向けてきた。

黙って頷いた。滝沢も同じ考えだ。異論はない。

明日、情報屋の角田《かくた》誠《まこと》に会うことにしている。滝沢が現役時代から付き合いのある情報屋だ。裏社会に通じていて、情報の中身も信用できる。今回の事件でも何度か世話になっている。被害者がたちの悪い連中なら、何か情報が入っているはずだ。

さらに六本木の被害者の小暮については、滝沢の知っている男なら、最近の動向を知る手立てはある。

殺人犯が傭兵であったとしても、テロの第二弾は、誰の目にもはっきりとわかる別の形で行われるはずだ。警察はテロの第二弾を防ぐことができなければ、国民の信頼を失う。

窓の方に目を向けた。

翔太は、先ほどと同じ姿勢で外を見ている。

立ち並ぶ都会のビルの上には、秋の夕空が広がっている。冴香もどこかで、この空を見ているのだろうか。滝沢はそんなことを考えた。

## 3

いつものライダースジャケットは、あちこちが擦り切れていた。

冴香は、ジーンズとトレーナー姿のまま、ジミーの店に向かった。

マンションからジミーの店までは、歩いて十五分ほどだ。約束の午後八時には余裕を持って着くことができる。

住宅街は、一定の間隔で街灯が点《とも》されている。家々の窓にも明かりが見える。人影はないが、穏やかな暮らしの息遣いが聞こえる。そういう暮らしを求めたことはなかった。

冴香が十四歳の時だった。道場での立ち合いで兄が父を死に追いやり、冴香はそれに手を貸した。そして兄は家を飛び出した。大好きな兄を守るための咄嗟《とっさ》の行動とはいえ、兄と妹が父を殺した。重い罪悪感を抱えながら生きることになった。

父の弟子だった相良《さがら》という男が未成年後見人になって児童養護施設に入った。相良は、月に二度か三度は施設にやってきて冴香を外に連れ出した。遊びに連れて行くという名目だった。施設の職員は、喜んで送り出してくれた。

行く先は、離れた土地の海岸や山の中だった。そこで父親が教えていた古武術の稽《けい》古《こ》をつけられた。いつか父親の遺志を継ぎ、道場を盛り立て、さらに新しい世の中を作るために働く。そんなことを繰り返し言われたが、おぞましい記憶だけが残る道場に戻るつもりはなかった。それでも稽古を続けたのは、兄が別れ際に言った言葉があったからだ。強くなれ。そうすれば必ず会える。その言葉を信じて稽古を続けた。

中学を卒業して施設を出た。相良が金を出してくれて、アパートに一人で住みながら公立高校に通った。友達を作る気にはならなかったが、孤立して目立つのも避けたかった。四、五人の仲良しグループに自然な形で入った。心を開かなくても笑顔で話をすることくらいはできた。高校に入ってからは、相良ではなく若い男が来て、実践的な組手の稽古を繰り返した。定期的に口座に生活費が振り込まれた。これまで通り稽古を続けることが条件だった。稽古は厳しかった。何度も拳や蹴りをくらい地面に這いつくばった。それでもやめるつもりはなかった。

高校を卒業して陸上自衛隊に入った。相良の勧めだった。冴香の適性を生かせる場だと言われた。事務仕事や接客ができるとは思わなかったので素直に従った。

訓練浸けの毎日が始まった。身体能力や体力、特に武術の腕は隠すつもりでいた。しかし訓練が厳しくなると能力を隠していては通用しなくなった。いやでも目立つようになった。しかし自衛隊では決して面倒なことではなかった。やがて能力が認められて特殊任務部隊に配属され、アメリカ海兵隊との合同訓練にも参加した。充実した日々が続いた。

そして冴香の運命を大きく変える事件が起きた。海兵隊との合同訓練を終えて、一年ほどたった頃だ。長期の野営演習の最中だった。冴香の直属の上官である菊池《きくち》という三等陸佐が、自衛隊を辞めて別の組織に加わるように誘ってきた。自衛隊とは別の立場でこの国を守ると言った。冴香が自衛隊に入隊したのはその準備のためのはずだ、と口にした。意味がわからなかった。

誘いはきっぱりと断った。自衛隊の仕事に誇りを持っていた。

菊池三佐は、冴香の答えを聞いて意外そうな顔で、何も聞いていないのか、と言った。冴香が自衛隊を辞めて行動を共にするのは、既定の事実だと思っていたようだった。そしてしばらく考え込むと深刻な表情で、今の話は全部忘れろ、と言った。冴香には何が何だかまったくわからなかった。

その二日後から、冴香の近くで火薬が爆発したり、乗っている車のブレーキが故障したりといった事故が相次いだ。全て菊池三佐の命令での行動中だった。菊池の視線を常に意識させられた。自衛隊にいる以上、上官の命令は絶対だ。菊池の指示通りに動かざるを得ない。命の危険を感じ、深夜に隊のオフロードバイクで逃げた。そして何者かに襲われ、バイクごと谷に転落した。何とか命を取りとめ逃げおおせたが、胸にひどい火傷《やけど》を負った。

かつて特殊任務部隊にいて、病気のために自衛隊を辞めた男を頼った。信頼できる男だったし、他に頼るところはなかった。除隊した後も何度か手紙のやり取りをしていた。山間部にある知り合いの診療所で働いているということだった。手紙には困ったことがあったらいつでも訪ねてこい、と繰り返し書いてあった。男は自分が働いている診療所に冴香を連れていき、身体が回復するまで面倒をみてくれた。

襲ってきたのは菊池三佐とその周辺であることは疑いようがなかった。だが自衛隊を離れてという誘いの意味も、命を狙われる意味もまったくわからなかった。

全ての真相を明らかにして、きっちりとケリをつける。醜く残った胸の火傷の痕を見つめ、それだけを考え続けてきた。

そんな時に、来栖が現れた。冴香を匿《かくま》ってくれた男から話を聞いたと言った。二人の関係については詮索しなかった。行く所もなかったし、普通の仕事ができるとも思えず、秀和で働くことにした。つまらない仕事も多かったが、自分に合っている仕事だった。他のメンバーも訳ありで、他人の詮索はしないが、仕事に向き合う姿勢は本物だった。居心地は悪くなかった。いつしか仕事での信頼関係ができていた。

それでも自分を襲った連中のことは忘れたことがなかった。いつかは真相を摑み復讐を。そう思い続けた。

冴香は足を止めた。いつの間にかジミーの店の前まで来ていた。

これまで子供の頃を思い出すことなどなかった。思い出すのは自衛隊での事件のことだけだった。そしてその度に胸の中が怒りで熱く燃えた。今、その炎は見えない。

心が折れているのか。戦う心を失ったのか。穏やかな街の明かりがそうさせたのか。考えても意味のないことだった。

冴香は、店に続く階段を下りた。


ジミーの目は優しかった。だがいつもの優しさとは違った。どんなに優しいまなざしを向けてきても、その奥には常に厳しさが見えていた。今日のジミーの目に厳しさはない。冴香を哀れむような悲しい色しか見えない。

冴香は、店の奥の事務室でジミーと向き合っている。八王子で起きたことだけでなく、自分の過去も全て話した。

ジミーは、終始、表情を変えず黙って話を聞いた。

「Zの噂は、私も聞いている」

冴香の話を聞き終えたジミーが口を開いた。

「まさかZがサヤカのお兄さんとは、正直、驚いた」

ジミーは、どうするつもりだ、と言って口を閉じた。

それがわからないので、ここに来た。口には出せなかった。

事務所の中に重たい沈黙が広がった。

どれくらい時間がたったのか、ジミーが大きく息を吐いた。

「答えが出せないなら、結論は見えている」

ジミーの目が厳しくなった。

「サヤカは、戦いの場から離れなければいけない。中途半端な気持ちで向き合える相手ではないはずだ」

ジミーが静かに続けた。

「サヤカの戦いの相手の正体は私にもわからない。だが秀和が敵としている組織と同じだとすれば、相当に手強《てごわ》く冷酷だ。簡単な相手ではない」

ジミーは言葉を切ると、表情を穏やかにして言った。

「サヤカが望むなら、アメリカで暮らせるように手配してあげよう。それが最も安全な方法だ。まだ若いのだ。全てを忘れて新しい人生を考えてもいいはずだ」

ジミーは、優しく包み込むような目をしていた。

戦いの場に戻るのは無理だ。そう言われたということだ。それでも捨てられない思いが残る。醜い胸の火傷の痕も。

「でも――」

「忘れるんだ」

ジミーが鋭い声で冴香の言葉を遮った。

「Zは、かつてサヤカのお兄さんだったかもしれない。だが今は裏の社会で働く殺し屋だ。サヤカのお兄さんではない」

ジミーは、もう一度、忘れるんだ、と言って冴香を見つめた。

「ごめんなさい。すぐに結論は出せないわ」

冴香は、ジミーから目を逸らせて、小さく首を振った。

「それも無理のないことだ。あの部屋はいつまで使ってもかまわない。だが結論をずるずると先延ばしにしてはいけない。いいね」

ジミーの言葉に黙って頷き、冴香は席を立った。

事務所を出て店のフロアに入った。今夜も一筋縄ではいきそうもない男たちがグラスを傾けている。冴香に目を向ける男はいなかった。

店を出ると、マンションには戻らず、足の向くままに歩いた。

賑やかな通りには行きたくない。家々の窓から漏れる温かい明かりも見たくない。街の明かりに背を向けて歩いていると、正面の小高い場所に大きな公園があった。自然に足が向いた。木立に囲まれた坂道を上がった。中央にある広場に入った。三つ並んだベンチを街灯がぼんやりと浮かび上がらせている。人の気配はない。街の喧騒も届いてこない。

　木立の間から横須賀の街、そしてその向こうに港が見えた。海上自衛隊横須賀基地とアメリカ海軍の基地が隣接している。停泊中の艦船のオレンジ色の明かりが海を照らしている。戦うための艦船が並んでいるとは思えない柔らかな明かりだ。

　ここならゆっくり考え事ができる。でも何を考えればいいのか、それすらわからない。戦いの場に戻れる精神状態でないことは、自分が一番よくわかっている。だが兄のことを忘れて新しい暮らしをするなど考えられない。

ベンチに腰かけようとした時、微かに人の気配を感じた。

振り向いた。上下黒の服を着た男が三人近づいてくる。距離は十メートルほどだ。考える前に動く。身についているはずだったが身体は動かなかった。男たちは、冴香が振り返っても慌てた様子を見せず、ゆっくりと間合いを詰めてきた。

三メートルほど離れた位置で三人は足を止めた。三人とも帽子を目深《まぶか》にかぶり、鼻から口元はマスクで覆っている。大柄ではないが、全身から独特の気配を発している。かなり腕は立つ。今の状態で戦って何とかなるとは思えなかった。

「黙ってついてくれば、乱暴はしない」

　真ん中の男が言った。

「断ったら」

「結果は同じだ」

男が答えた。

冴香は、男から目を逸らさずに自分の位置を確認した。左の木立までは十メートルほどある。かなり太い立ち木が密集している。あそこに飛び込んで逃げるのが、唯一、考えられる方法だ。成功の確率は限りなくゼロに近い。両サイドの男が、いつでも飛び出せる状態でいることは、はっきりとわかった。

「公園の入り口に車を停めてある」

男の声に何かが引っ掛かった。聞き覚えがある声。男の目を見つめたまま記憶を手《た》繰《ぐ》った。胸の中に小さな炎が上がった。間違いない。なぜこの男が。

左の男が進み出てきた。じっとしていた。男が冴香の左腕を取った。

掌底《しょうてい》。わずかに腰を捻《ひね》って男の顎に叩き込んだ。抵抗するとは思っていなかったようだ。男は空を見上げるように顔を上げ、その場に膝をついた。

右の男が飛び出すのを真ん中の男が手で制した。

冴香は、その男の目をじっと見つめた。

「なぜ、あなたがここにいるの」

男は、父の死後、冴香の未成年後見人になり古武術の稽古をつけた相良だ。顔を合わせるのは中学卒業以来、十三年ぶりだ。

相良が帽子のひさしを指で押し上げた。

「だいぶ腕を上げたな。だが抵抗が無駄なことはわかるはずだ」

「何の目的で私を鍛え、そして自衛隊に入れたの」

ずっと胸に抱いていた疑問だった。相良は自分を利用するために自衛隊に進むように指示した。後で考えれば、自衛隊を離れるように誘った上官の言葉には、そのニュアンスが含まれていた。

「私を襲ったのは、あなたたちなのね」

「何の話かわからないな。私は今も、きみの父上、霧島一刀《いっとう》先生が作った道場で若者を指導している。きみに力を貸してほしいと思っている。父上に指導を受けた者は今も尊敬の念を忘れていない。その娘であるきみは今、いてはいけない場所にいる。我々と一緒に父上の遺志を継いでほしい。力を貸してほしいのだ」

「それにしては、ずいぶんと乱暴なお誘いね」

相良の腕は、当時も父と互角だった。この場を逃れるのは、いつもの冴香であっても難しい。

右の男が一歩前に出た。

「動くな」

左の木立から落ち着いた声がした。男が足を止めた。

木立から大柄な男が出てきた。スネークだ。右手に持った拳銃を相良に向けている。

ゆっくりと近づいてきた。相良から五メートルほどの距離を取って、スネークは足を止めた。

「そのお嬢さんは、うちの大事なお客さんなんだ」

スネークは、静かに言って拳銃をわずかに振った。

「こんな場所で使いたくないが、素手であんたたちの相手をする自信はない。遊びじゃないというのは、わかってもらえると思う」

相良に焦った様子はない。じっとスネークに目を向けている。

しばらく二人が睨み合った。

先に目を逸らしたのは、相良だった。スネークから冴香に視線を移した。

「いずれまた会うことがあるだろう。それまで元気で」

相良は、笑みを浮かべて背中を向けた。

もう一人の男が倒れている男に肩を貸して歩きだした。

三人が公園から出ていくのをじっと見つめた。

「大丈夫か」

スネークが隣に来て言った。

「ありがとう。助かったわ。まさか偶然、この公園にいたわけじゃないわよね」

「ジミーに、あんたの警護を頼まれた」

「いつもそんなものを持って歩いているの？」

「ジミーの頼みだ。万が一にも失敗するわけにはいかないからね」

「ここは日本よ。持っているだけで捕まるわ」

「米軍の身分証を見せれば、警察も身体検査はしない」

意外だった。ジミーは海兵隊を離れたと言っていた。部下も軍とは別の立場で動いていると思っていた。

「身分証を持っているとは言ったが、米軍の兵士だとは言っていないよ」

スネークは、当たり前のように言うと、行こう、と冴香を促して歩き始めた。

冴香は、スネークと並んで歩いた。

なぜ相良が自分の居場所を知ったのか。本当に長野の道場に連れていこうとしたのか。そして冴香を自衛隊に入れた狙いは。兄とは今もつながっているのか。次々に頭の中に疑問が湧いてくる。

今まで動かなかった心が脈打ってくるのを感じた。全てを知りたい。その思いが急速に膨らんでくる。同時に苛立つような思いに胸を掻きむしられる。全てを知ることは、兄の龍矢が何人もの命を奪っている事実と向き合うことになる。

「サヤカ」

スネークが立ち止まって声をかけてきた。

「きみが新宿のテロ事件を調べていて、激しい戦闘に巻き込まれたと聞いている。あの事件は、我々の調査の対象になっている。だからサヤカの警護は、公式な任務になってもいいんだ。だがジミーは、こう言った。サヤカを守ってくれ、頼む、とね」

「仕事ではないということ？」

ジミーとは、海兵隊の訓練に参加した時に生まれた信頼関係がある。それは間違いない。だがここまで親身になってくれるのはなぜだろう。

「ジミーには娘がいた」

スネークが、冴香の疑問を察したように言って、話を続けた。

「彼女はニューヨークで、日本人が師範をしている空手道場に通っていた。なかなかの腕だったそうだ。将来は父親と同じように海兵隊に入りたいと言っていたそうだ。ジミーにとっては自慢の娘だったと思う」

「亡くなったの？」

「十五歳の時、あの忌まわしい同時多発テロの犠牲になった。たまたまマンハッタンのワールドトレードセンターの近くにいて巻き込まれた」

世界中の人間が知っていると言ってもいいテロ事件だ。アルカイダのテロリストにハイジャックされた旅客機が、三ヶ所で建物に突っ込んだ。日本では世界貿易センタービルと呼ばれる建物に、旅客機が突入する映像が人々に衝撃を与えた。

事件があったのは二〇〇一年、彼女は生きていれば三十八歳だ。

「サヤカの武道の腕はたいしたものだと、ジミーが嬉しそうに言っていた。娘さんの面影をサヤカに見ているのかもしれない」

そしてテロを憎む心も強いということだ。

「どうして、その話を私に」

「俺はジミーの頼みはきっちりとやり遂げるつもりだ。だが二十四時間サヤカと一緒にいられるわけじゃない。ジミーの気持ちを察してくれ。決して一人で動かないと約束してほしい」

スネークが真剣なまなざしを向けてきた。

冴香は、スネークから視線を逸らせた。相良と会ったことで、眠っていた心が目を覚まし始めている。全てを知りたい。その思いでじっとしていられなくなる自分を感じていた。

動くなら一人で。それは当然だが、ここまで世話になったジミーを裏切ることはできない。小さく息を吐いて、スネークに目を向けた。

「わかったわ。動く時は、必ずあなたに連絡する。だけどそれで私自身の行動を制限するつもりはない」

「オーケー、それで十分だ」

スネークは、笑顔を浮かべて頷くと、再び歩き始めた。

黙って隣を歩いた。

夜空に目を向けた。半分ほど欠けた月が出ている。ふと滝沢の顔が浮かんだ。続いて翔太と沼田、来栖の顔も。

心配しているだろう。申し訳ないと思う。だが連絡を取るのは、自分の心の整理がついてから。そう決めて頭の中から仲間の顔を追い払った。

## 4

わからない。何度考えても答えは出ない。

Zは部屋のカーテンを閉めたまま、椅子に座ってじっと考えていた。

与えられた仕事は、八王子の廃工場にいる傭兵と紅蓮を始末することだった。紅蓮はともかく、傭兵はもう少し使うのかと思っていたが、仕事であれば疑問も迷いもなかった。外部の人間は使い捨て、というのはいつものやり方だ。

手を下す前にヤクザが乗り込んで来た。秀和という警察とつながっている組織の連中がそれに加わった。そいつらが来ることは知らなかった。

戦闘が始まった。様子を見ることにした。勝ったのはヤクザと秀和だった。傭兵を相手によく戦ったと言っていい。予想とは逆の結果だった。

一人生き残った紅蓮のランが、秀和を手玉に取って工場を飛び出してきた。少しは手応えがあったが、それでも難しい仕事ではなかった。

残ったのは秀和の三人と、けがをしたヤクザが一人だった。秀和については仕事の中に入っていなかったが、奴らの目の前でランを始末し、姿も見られている。放っておくわけにはいかなかった。始末することにした。

それができなかった。

「なぜだ」

Zは、つぶやいて頭を抱えた。

相手が女だからといって、躊躇《ためら》ったり後ろめたさを感じたりしたことなどなかった。始末する必要があるから仕事として命じられる。それだけだった。ましてやあの女は明らかに戦闘要員だった。

腕は立ったが、相手になるようなレベルではなかった。一瞬で始末できたはずだ。だが女の前に立った時、なぜか身体が動かなくなった。

女は、銃を持った仲間に、撃つな、と怒鳴った。

そして、お兄ちゃん、と声をかけてきた。その言葉が胸の中の何かに突き刺さった。冷静になれ。自分に言い聞かせたが身体は動かなかった。右腕を一振りするだけで女の首の骨を折って始末できたはずだ。残りの連中も銃は持っていたが、問題なく片づけられるはずだった。だが動けなかった。何もせずに走り去ることしかできなかった。

Zは、椅子の背もたれに身体を預け女の顔を頭に浮かべた。

突然、激しい頭痛が襲ってきた。脳を錐《きり》で刺されるような痛みだ。何年ぶりだろう。失った過去の記憶に触れた時に起きる痛みだ。お兄ちゃん。女の言葉が蘇った。これ以上考えると、痛みが激しくなっていく。吐き気をもよおし、座っていることもできなくなる。

立ち上がり、部屋の隅の小さな棚の引き出しを開けた。瓶に入った薬。二錠、口に入れて飲み込んだ。これでじっとしていれば、痛みは治まるはずだ。

しばらく横になろうとベッドに腰を下ろすのと同時に、ドアをノックする音が聞こえた。チャイムは鳴らさないのがルールだ。

今は何もしたくないが、無視することは許されない。ゆっくりドアまで進み、ドアスコープに目を当てた。見慣れた男が二人立っている。連絡係の山崎《やまざき》という男だ。この建物に住む人間の中で、本気にならなければ倒せないと感じる唯一の男だ。もう一人の名前は知らない。ドアを開けた。

「統括がお呼びです」

山崎の言葉に頷き、そのまま部屋を出た。二人の後についてマンションの内廊下を歩いた。この階にはドアが六つ並んでいる。

エレベーターは扉が開いたまま止まっていた。

男が七階のボタンを押した。ボタンは八階まであるが、八階には行ったことがない。薬が効いてきたようだ。頭の痛みは少しずつ治まってきた。エレベーターが止まり、二人に続いて廊下に出た。このフロアには玄関ドアが一つしかない。

山崎がドアを開けて中に入っていった。後に続いた。仕事の説明は、必ずこの部屋で統括と呼ばれる男から聞いた。

短い廊下を進んで広い会議室に入った。Zが使っている部屋が丸ごと三つくらいは入る広さだ。

中央のテーブルは、片側に六、七人が座れる長さがある。他には大画面のテレビモニターがあるだけだ。広くとった窓からは、新宿の街並みが見える。会議室の奥にあるドアの向こうには入ったことがない。

統括はテーブルの一番奥に座っていた。濃紺のスーツに、糊の効いたワイシャツとネクタイ。いつもの服装だ。六十代半ばに見えるが、歳のわりには引き締まった身体をしている。どこかの大企業の重役といった風格がある。

「仕事を完遂できなかったのは、初めてだな」

統括が静かに言った。表情は穏やかだが、目の奥には冷たい光が見える。

八王子の件だ。傭兵は三人いたが、一人は秀和に撃たれ姿を消した。後を追ったが、捕らえることはできなかった。全て報告してある。秀和に手を下さなかったことについては、指令がなかったのと、警察車両のサイレンが聞こえたので、その場を去ったと言ってあった。

「秀和は利用価値があるので、これからも手を出さなくていい」

組織が秀和をそう見ていることは初めて知った。秀和と聞いて、薄れていた頭の痛みが蘇ってきた。

「紅蓮に関係ある男二人が相次いで刺殺された。二人ともナイフで一刺しだった。逃げた傭兵の仕業だ」

事件のことは新聞で知っていた。確かに素人にできることではない。そして姿を消した傭兵は、タスク、牙と呼ばれている刃物の使い手だ。だがタスクだと断定するからには理由があるはずだ。

「姿を消した後に、他の二人の傭兵の安否を確認する電話があった」

死んだ傭兵二人は、報道では半グレの扱いだったので、安否がわからなかったのだろう。

「紅蓮との関係で顔を見られている男がいるので、それを始末すると言った。その二人が殺された。さらに秀和も放っておくつもりはないと言ったそうだ。電話を受けたのはこの男だ」

統括が山崎に向かって小さく顎をしゃくった。

「あいつは、狂犬のような男だが、他の二人には従順だった。戦場で命を助けられた借りがあり、いわば兄貴分という間柄だった。その二人を殺した秀和を許すことはできない、ということだろう」

統括は、いったん言葉を切ると、いっそう強い視線を向けてきた。

「その後、連絡は取れるが居場所は明かさない。放っておくと何をしでかすかわからない男だ。警察に先に身柄を取られると面倒だ。できるだけ早くケリをつけるんだ。いいな」

統括は、Zから目を逸らした。帰れということだ。

山崎に促されて部屋を出た。

「秀和の拠点はわかったのか」

隣を歩く山崎に声をかけた。

「新しい拠点はまだ特定できていません。わかり次第、お伝えします」

エレベーターの前まで並んで歩いた。扉は開いたまま止まっていた。山崎に続いてエレベーターに乗り込んだ。山崎が二階のボタンを押す。静かに扉が閉まりエレベーターが動き始めた。

タスクが次に狙うのは秀和だ。秀和の動きを監視していればタスクにたどり着くことができる。だがそうなれば、あの女とまた顔を合わせることになるのだろう。そう思ったとたんに、頭の奥で頭痛の気配が再びうごめく。

秀和の拠点を特定するのは山崎に任せればいい。まずは殺された二人の周辺からタスクの動きを探ることにする。

エレベーターが二階に着き扉が開いた。山崎は動かない。

Zは、黙ってエレベーターを降りた。背後でエレベーターの扉が閉まった。

タスクとは一度だけ顔を合わせたことがある。かなり危険な臭いがした。傭兵になっていなければ、刃物で何人も殺傷して捕まっていただろう。始末のし甲斐《がい》がありそうな相手だ。頭痛の気配は徐々に消えていった。

## 5

激しい爆発音が腹に響いた。渋谷のセンター街に一歩足を踏み入れた時だった。

わずかの間があって女性の悲鳴があちこちから上がった。

滝沢は、隣に立つ情報屋の角田と顔を合わせた。金曜日の午後八時を回った時間だ。センター街は、大勢の若者やサラリーマンが行き交っている。

滝沢たちは、爆発音のした方向に向かった。

大勢の男女が立ち尽くし、遠巻きに先を見ている。ほとんどが若者だ。人をかき分けて前に進んだ。

思わずうなり声を上げた。

道路に若い男女やスーツ姿の男、二十人以上が倒れている。何人かは、苦しそうに身体をよじっているが、少なくとも五、六人は全く動いていない。

二十代に見える女性が道路に座り込み、悲鳴のような泣き声を上げている。隣の男は、四つん這いの格好で呆けたような顔を正面に向けている。他にも道路に腰を落としたり、その場にうずくまったりしている男女が大勢いる。

「救急車を呼べ」「警察に連絡だ」

あちこちから声が上がった。一気に周囲が騒がしくなった。人も集まり始めた。

左側のラーメン屋のガラスが粉々になっている。中にもけが人がいそうだ。ガラス片は店の中に飛び散っている。建物の中で起きた爆発ではない。明らかに路上で何かが爆発した。新宿の次のターゲットは、金曜日の夜の渋谷センター街だった。

いつの間にか現場を取り囲む人垣ができている。

「滝さん、こいつは第二弾ってことか」

角田が険しい表情を現場に向けたまま言った。

「面倒に巻き込まれるのは願い下げなんでね。俺は行きますよ」

滝沢は角田に向かって頷き、人垣の外に出た。

すぐに近くの交番から、警察官が来るはずだ。渋谷署からも大勢の捜査員がやってくる。現場にいれば、目撃者として足止めされる可能性がある。

女性の泣き声と野次馬の怒号に背中を向けて歩き出した。騒ぎを聞きつけた連中が現場に向かっている。その流れに逆らってセンター街を出た。

角田が滝沢に向かって黙って手を上げ、地下街に続く階段を下りていった。

パトカーのサイレンが近づいてきた。


事務所に戻ると、ソファーに座っている来栖、沼田、翔太の三人が、一斉に滝沢に目を向けてきた。沼田と翔太が並んで座り、来栖が向かい側に座っている。

「けがはないんだな」

沼田が訊いてきた。

目の前で爆発があったことは、スマホで来栖に伝えてあった。

滝沢は、来栖の隣に腰を下ろした。

「途中で信号一つ待たずに渡れていたら、巻き込まれていました」

大げさでもなんでもない。あそこで倒れていた若者たちも、どこかでちょっと立ち話をしていれば、あるいは店を出る時に会計で少し待たされていたら、何か一つあれば犠牲にならずに済んだ。そして信号を急いで渡った別の誰かがテロリストの魔手に襲われた。

「滝沢さんが狙われたということは、ありませんか」

来栖が険しい表情を向けてきた。

「センター街に向かったのは、情報屋の角田との話の流れで、直前に決めたことです。時限式の爆弾でしょうから、狙われたとは思えません」

六本木で刺殺された男がよく行っていたクラブがセンター街の奥にあるというので、向かう途中だった。

テレビに目を向けた。緊急特番が始まっている。

現場周辺はマスコミも含めて立ち入り制限がされている。画面にはセンター街の入り口付近からの中継映像と、ヘリコプターからの中継映像が交互に映し出されている。華やかなネオンが広がる中で警察車両と救急車の赤色灯が異様な雰囲気を醸し出している。現場の周辺は満員電車のように人であふれ返っている。

リポーターが現場からの中継で、ひっきりなしにけが人が救急車で運ばれている様子を伝えている。けが人の数やけがの程度などはまだ情報がない。マスコミ各社は、現場だけでなく搬送先の病院にも取材陣を送り込んでいるはずだ。警察はもちろん、政府の動きも激しくなる。警察にとって、絶対に起こしてはいけない第二弾のテロを許してしまった。

滝沢は、上空からの中継映像を見ながら考えた。爆発物を置くのは簡単だ。コンビニの袋やファストフード店の袋に入れて道路の隅に放置すればいい。誰もがゴミだと思って手を出すことはない。その姿は防犯カメラが捉えているはずだ。防犯カメラの映像を次々に追っていくリレー方式と呼ばれる方法で、犯人を追うことができる。だがテロリスト側もそんなことは承知のはずだ。

爆発までの時間を短くセットして、近くの店に入る。この辺りならゲームセンターのような店が一番いいだろう。爆発が起きて、人々がパニック状態になる。周辺からは野次馬が集まる。その間にトイレで着替えて、人ごみに紛れて現場を離れる。そんな単純な方法が、防犯カメラから逃れるには一番効果的だ。

警察は、人間が歩く姿の特徴から個人を特定する歩容認証システムと顔認証システムを駆使するはずだ。精度はかなり高い。だがシステムを熟知して、防犯カメラに映ることを前提に動けば、裏をかくことはできる。

テレビの画面が切り替わった。古関《こせき》官房長官の姿が映っている。臨時の記者会見が始まった。

長官は、手元のメモを見ながら、事件が発生した場所と時間を言った後、顔を正面に向けた。

「けが人については、まだ正確な数が把握できていません。先月の新宿での爆発事件との関連も含めて、警察が捜査を始めています」

いったん言葉を切って表情を厳しくした。

「いずれにしても、卑劣で非人道的な犯罪であり、このような行為は絶対に許すことはできません。政府も総理官邸内の危機管理センターに対策本部を作ることを前提に情報収集などの対応に当たっています。現時点では以上です」

古関官房長官は、軽く頭を下げ出口に向かって歩き出した。その背中に記者たちの質問が飛んだが、振り返ることはなかった。

官房長官の会見は、二つの爆発事件をテロと捉え、国を挙げて対応するものになったと宣言したことになる。

「これで刑事局長と警備局長の長官レースなどとは、言っていられない状況になったということですかね」

滝沢は、来栖に目を向けて言った。

「いや、どうかな」

答えたのは沼田だった。

「国を挙げてのテロとの戦いとなれば、ここで点数を上げた方が間違いなく次の長官になる。それが彼らの考え方だろう」

「政局にも大きな影響があります」

来栖が言った。

「政府は、今の臨時国会で大規模な経済対策を打ち出し、その勢いで会期末の十一月に衆議院を解散する方針です。このテロ事件が解決しなければ、解散はできないでしょうし、対応を間違えれば国民の怒りが政府に向けられます。前の選挙から三年半近くたっています。いずれにしても、そう遠くない時期に解散、総選挙はあります」

長引く不況に円安、物価高騰が一向におさまらず、国民の不満は膨らみ、野党の追及も日を追うごとに厳しくなっている。

「できるだけ早く、国民にアピールできる形で事件を解決して解散、というのが政府にとっての理想です。逆に解決できないまま任期満了が近づき、時間切れ解散になったら、政権が吹っ飛ぶ可能性もあります」

「スサノウは、そこまで計算に入れているのでしょうね」

沼田の言葉に来栖が頷いた。

「国会議員にも、スサノウの一員はいるはずです。政界でも何らかの動きがあると思っていいでしょう」

来栖の言葉に沼田が頷いた。

テレビの画面が、現場の中継映像からスタジオに切り替わった。アナウンサーが緊迫した表情で手元に来た原稿を読み始めた。

「新しい情報です。警視庁によりますと、今回の爆発で六人が心肺停止、少なくとも三十人がけがをして病院に運ばれたということです。けが人の中には意識不明の方が複数いるということです。繰り返します」

この場合の心肺停止は死亡と同義語だ。再び市民の命が理不尽に奪われた。警察への風当たりは、さらに激しくなる。政府も国民から厳しい目を向けられる。

秀和に何ができるのか。刺殺された二人から手繰っていくという方法は間違っていない。組織捜査ができない秀和としては、ここから入るのが、今できることだ。

若い女性の叫び声、倒れたまま動かない若い男。頭の中に、ついさっき見たテロの惨状が浮かんだ。

滝沢は両の拳を握りしめた。

6

佐々倉は、約束の時間より、三十分ほど遅れてやってきた。いつものように部屋に入ると、窓際の椅子に腰を下ろしカーテンを閉めた。これまでも何回か使ったことがある、新橋駅に近いビジネスホテルだ。昨夜の渋谷でのテロへの対応で警察庁に詰めていたのだろう。表情だけでなく身体全体に疲れが張り付いているように見えた。

「今のところ有力な手掛かりはない」

佐々倉がカーテンを閉めた窓に顔を向けたまま言った。

黙って次の言葉を待った。

渋谷センター街の爆発事件は、その後死者が増えている。七人が命を奪われ三十人以上が重軽傷を負った。このうちの三人は意識がない状態で病院にいる。

佐々倉が身体を向けてきた。

「爆発物を置いた男の姿は、防犯カメラが捉えていた。ファストフード店の袋を、ごみを捨てるように道路の端に置いていった。男はすぐに近くの居酒屋に入った。爆発があったのは、その五分後だ。爆発の前も後も、店からその男は出てきていない。店の中で変装したのだろうが、それを前提に映像を繰り返し見ても、それらしい男は見つからなかった」

佐々倉は、いったん言葉を切って、少し身体を乗り出した。

「例の刺殺事件の方から何か浮かんできてはいないか」

「それほど都合よくはいきません」

来栖は冷静に答えた。

佐々倉は、その言い方が気に入らなかったのか、一瞬、険しい表情を見せたが、すぐに平静に戻り頷いた。

「私たちは、引き続き刺殺事件の方から調査ということでよろしいのですね」

「そうしてくれ。新たなテロが起きたことで、捜査本部はさらに増員しているが、刺殺事件に十分な人数を割《さ》けないのが現状だ」

「捜査本部は、刺殺事件が八王子から逃げた傭兵の仕業だとは、考えていないのですか」

「傭兵の存在については、捜査本部でも公式には明らかにしていない。捜査本部は、所轄の刑事は総動員、制服警察官も大量に入れている。どこから情報が漏れるかわからない。傭兵については、公安が、自分たちの落ち度として必死になって背景を捜査している」

刑事部、公安部それぞれの思惑が絡み合って、全捜査員が情報を共有する状況にはいっていないということだ。

来栖は、いったん姿勢を正して佐々倉を見つめた。

「スサノウの名前が出ることはないのですか」

来栖の問いかけに、佐々倉は表情を曇らせ、目を逸らした。やがて大きく息を吐き、来栖に向き直った。

「公の席で口にする者はいない。地道に捜査を続け、その結果、犯人は我々がスサノウと呼んでいる組織だった。そういうことにしかならないだろう」

まさに正論だ。だがここまでくれば、スサノウの存在を無視することはできないはずだ。こちらには明かさない、特別な動きがあると思っておいた方がいいだろう。今回のテロ事件に関わってから、佐々倉との間で腹の探り合いのような関係が続いている。組織の外と中。それをしっかりと自覚しないと、再び秀和のメンバーの命を危険に晒すことになる。改めてそのことを胸に刻んだ。

「とにかく、一日でも早く解決しないことには、この国がどうにかなってしまう。横光刑事局長も、ここが正念場と腹を括っている」

警察庁長官レースを棚上げすることはできないということだ。

「秀和の働きには期待している」

佐々倉は、改めてという感じで言った。

「どこまでご期待に添えるかはわかりませんが、最善を尽くします。刑事局長のためではなく、この国のためです。そんな仕事に関われることには感謝しています」

来栖の言葉に佐々倉は、少し意外そうな顔をした。わずかの間を置いて表情を引き締めた佐々倉が、来栖を見つめてきた。

「変わったな、来栖」

「そうでしょうか」

「きみは私のいる組織の人間ではない。それを改めて認識した」

秀和を一つの独立した力として認めたのか、運命共同体の仲間ではないと再認識したのかはわからなかった。

警察の外で佐々倉の理想の実現を手助けする。かつてはそう思っていた。当時、佐々倉の目指す正義は来栖の考えるものと一致していた。だが立場が違えば、目指すものが違い、その手法も異なってくるのは当然だ。

微かに胸の奥が疼《うず》いた。

「私も警察官僚として、この国を守るという使命がある。その思いは変わらない。忘れないでくれよ」

佐々倉が、しっかりとした口調で告げて立ち上がった。

来栖も立ち上がり、部屋を出ていく佐々倉を黙って見送った。

## 7

「それは危険すぎる。無茶だ」

スネークがきつい口調で目を向けてきた。ジミーが用意してくれたマンションの部屋だ。冴香はリビングのテーブルを挟んで、スネークと向き合っている。

昼過ぎに電話をすると、スネークはすぐに冴香の部屋を訪ねてきた。

冴香はスネークに、相良の道場を訪ねると伝えた。

「あいつらは、サヤカを力ずくで連れ去ろうとした。そこにのこのこと顔を出すのは、馬鹿げた行為だ」

スネークの口調は、いっそう強くなった。

「これを見て。昨日の朝、マンションの郵便受けに入っていた」

冴香は、テーブルの上に置いた手紙をスネークに差し出した。

スネークが手紙を受け取り読み始めた。

封筒の表には冴香の名前、そして裏には相良の名前だけが書いてあった。郵便受けに直接入れたということだ。

これまで起きたことの全てを知りたかったら道場に来い。そう書いてある。

一晩、眠れないまま考えた。そして出した結論が、相良に会いに行くということだった。危険は承知のうえだ。公園で相良に会ってから、消えていた心の炎が少しずつ燃え上がり始めていた。

兄がスサノウの手先になったのはなぜか。相良が道場を飛び出した兄を連れ戻し、始末屋に仕立てたのか。なぜ兄がそんな道を選んだのか。自分が自衛隊から逃げる羽目になり、襲われたのはなぜなのか。全てが今回のテロにつながっているのか。全てを知りたい。知らなければいけない。強い思いを抑えることはできなかった。冴香の性格を読んだ相良に、いいように操られているのかもしれない。

「言ったはずよ。あなたに黙って行動はしない。でもそれによって行動を制限するつもりはないと」

冴香が言うと、スネークは視線を落とし小さく頭《かぶり》を振った。

「仕方がない。ジミーには、冴香の意思を尊重しろと言われている」

スネークが顔を上げ、手紙を冴香に返した。

「昨日、渋谷でテロがあったのは知っているな。サヤカは、道場の連中が、今回の事件を起こしたテロリストだと思っているのか」

「わからない。でも私の身に起きたことを考えると、その可能性は低くない」

菊池三佐が言った、自衛隊とは別の立場でこの国を守る、という言葉は、テロリストならあり得る発言だ。

「それでも行くのか」

「それだから行く」

冴香が答えると、スネークはしばらく冴香を見つめ、頷いた。

「道場にはどれくらいの人数がいるのかな」

「私が住んでいた当時、年に二回の総当たり組手の日は、全国から数十人が集まった。それ以外の日は、多くて七、八人、少ない時でも四人はいた」

「その道場は、彼らの本拠地ではないのか」

「違うと思う。今考えると精神面での象徴的な存在だと思う」

冴香の言葉にスネークが頷いた。

「もう一つ気になっていることがある。あいつらはなぜ冴香がここにいることを知ったんだ」

それは冴香にとっても疑問だった。八王子で兄の龍矢と思わぬ形で再会した後、バイクで直接ジミーの店に行った。新しい秀和の事務所が知られていたとしても、横須賀にいる冴香にはたどり着かないはずだ。

「考えられるのは、彼らがあなた方の組織の動きを見張っていて、そこに私が現れたということ」

冴香が言うと、スネークは黙って下を向いて考え込んだ。

相良たちがジミーの組織を見張っていたのであれば、それはジミーを敵対関係、もしくは目障りな存在と位置づけているからに他ならない。

「いずれにしろサヤカを一人で行かせることはできない。長野には、俺もついていく。いいな」

スネークが顔を上げて言った。

すぐには返事ができなかった。

「サヤカ、ジミーの気持ちはわかっているな」

スネークがほんのわずかの間、目を逸らし、再び冴香に真剣な目を向けてきた。

「サヤカを心配しているのは、ジミーだけじゃない。この数日で俺は——」

「わかった」

冴香は、スネークの言葉を遮って言った。余計なことは聞きたくなかった。

話の腰を折られたスネークが、一瞬顔を歪めてから、肩の力を抜いた。

「せっかく新調したジャケットだが、バイクはだめだ。俺の車で行く」

スネークが念を押すように言った。

冴香は、昨日の夕方、横須賀のドブ板通りに行って新しいライダースジャケットを買い、今はそれに着替えていた。

「俺は、これからジミーにこの件を報告しに行く。何か指示が出るかもしれない。いつ出発するかは、それから決めよう。部屋から出ずに待っていてくれ」

「わかったわ」

冴香が頷くと、スネークは立ち上がり部屋を出て行った。

ジミーは、冴香が長野に行くことを止めるかもしれない。その時に、ジミーの制止を振り切って行くことができるだろうか。ジミーの厳しく、そして愛情にあふれたまなざしが頭に浮かんだ。

裏切ることはできない。そう思うのと同時に、八王子の廃工場で見た兄、龍矢の顔が蘇った。冴香に向けた目は間違いなく殺し屋のものだった。何の感情も浮かべず冷静に相手を始末する。そういう目だった。だが、お兄ちゃんと叫んだ時、Zの目の奥に驚きと躊躇いの色が浮かんだ。ほんのわずかの間、見つめ合ったが、兄は何も言わず走り去った。

冴香は、目を閉じたままじっと考えた。

自分だけの戦い。そう思って今日まで過ごしてきた。秀和が敵とする組織と冴香の戦いの相手が重なってきている。渋谷では新たな爆弾テロが起きて、市民が犠牲になった。自分がここで無為に時間を過ごしている間にも、この国の平和が蝕《むしば》まれている。そしてその卑劣な犯行を繰り返している組織で重要な役割を果たしている始末屋が、あの優しかった兄だった。

今、自分がすべきことは何か。同じ問いを繰り返し自分にぶつけた。

どれくらい時間がたったのだろう。目を開けると、窓の外はすっかり暗くなっていた。

窓辺に立った。横須賀の街の夜景が見える。胸のペンダントをきつく握りしめて目を瞑《つぶ》った。

## 8

来栖が事務所に戻ってきた。

「渋谷の街から人が消えましたね」

来栖が滝沢の隣に腰を下ろしながら言った。ソファーの向かい側には、沼田と翔太が座っている。

「それほどですか」

土曜日の日中だ。普段なら渋谷の街もかなりの人出があるはずだ。

「街を歩いているのは、自分だけは大丈夫と思っている、若者だけです。ただ東京にこれほど警察官がいたのかと思うほど、警察官の姿を見かけました」

制服警察官が街中を巡回するのは、防犯活動の基本であると同時に、市民に安心感を与えるという効果がある。だが今回の場合は、大量の警察官が街を歩くことで、市民の間に緊張が増すことになるのだろう。それは悪いことではない。

「佐々倉は、何と言っていましたか」

沼田が来栖に顔を向けて訊いた。

「当初の方針通り、二件の刺殺事件から調べてほしいということでした」

「佐々倉は、刺殺事件がテロと関係があるという考えを変えていないわけですね。傭兵について何か言っていませんでしたか」

「傭兵の存在は、捜査本部内でも公にされていません。つまりそれを知っている上層部と、知らずに動いている捜査員の二重構造になっているということです。さらに佐々倉氏は、傭兵については公安が自分たちの落ち度だとして、必死に捜査をしている、と言っていました」

来栖の話に沼田が頷いた。

「上層部で、傭兵の捜査は公安という明確な担当分けができたということでしょう。公安は、テロリストの入国を許してしまったという負い目がある。何とか挽回しようとしているということですね」

「それと刺殺事件は、どう関係してくるの」

翔太が訊いた。

「おそらく公安は、刺殺事件が傭兵による犯行である可能性を疑っている。だから刺殺事件を捜査本部の案件から離して、公安に担当させるよう刑事部を説き伏せたのだろう。条件は、手にした情報は全て伝える。そんなところだろう」

「だが刑事部もそれを信じるほどお人好しじゃない」

「そういうことだ」

沼田が皮肉な笑みを浮かべて続けた。

「佐々倉は、刺殺事件についても刑事部で捜査することを主張したはずだ。だがさらに上の段階で話がついた。佐々倉は傭兵の情報、さらにテロの首謀者につながる情報を公安が摑んでも、囲い込むと思っている。だから秀和に刺殺事件の調査をさせて、情報を公安に独占させないようにしたのだろうな」

「この期に及んでも、まだそういう状況か」

翔太がつまらなそうに言ってテレビに顔を向けた。

「新宿駅前のテロ以来、この議員の注目度が上がっているんだ」

テロ事件を扱った特別番組だ。スタジオには、危機管理アドバイザーという肩書の元刑事やフリージャーナリスト、それに国会議員がゲストとして並んでいる。

翔太が言ったのは、与党の衆議院議員、加世田智明《かせだともあき》だ。滝沢もテレビで何度か顔を見たことがある。

「彼は以前から、ブログやエックスで、テロに対する日本の対応の甘さを指摘し続けている。かなり過激な論調でね。それが最近、支持されているんだ。特に若者の支持が多いのが特徴だね」

画面に映る加世田議員は、語り口は穏やかだが自信に満ちている。見た目も悪くない。こんなところも人気の背景にあるのだろう。

カメラが横にパーンして隣に座る男を映した。衆議院議員、大久保隆司《おおくぼたかし》と名前が出ている。

翔太が鼻で笑うようにして言った。

「こいつも最近、派手にテロリスト糾弾を叫んでいるけど、自分は安全な所にいると信じ切ってのパフォーマンスが見え見えだ」

「滝さん、以前、神谷町で半グレのリーダーを叩いて女を連れ戻したことがあったよね。あの女の父親がこいつさ。半グレに警察の手が伸びるって情報を聞いて、慌てて秀和に娘を連れ戻すように依頼してきた。そうだよね」

翔太が最後のひと言を来栖に向かって言った。

来栖が苦笑いを浮かべテレビに目を向けた。画面が再び加世田に変わった。

「加世田議員は東京出身で、与党議員の秘書から後継の形で立候補しています。当選三回の四十七歳です。現在は党内で役職に就いていませんが、若手の注目株です。危機管理をテーマに派閥を超えた勉強会を主宰しています。野党の若手議員も数人顔を出しています」

「さすが政界にも詳しいですね」

「気になる議員だけですよ。加世田議員は、私が警察庁にいる頃から、テロ対策に関する提言を繰り返していました。政府がサイバーテロを中心にした政策に重点を置いた時も、並行して暴力によるテロへの対応を強化すべきだと主張していました」

今の時代、サイバーテロは、国家存亡の危機に関わることは間違いなく、その対応は喫緊の課題だ。だが暴力によるテロは、極端に言えば一人の素人でも起こすことができる。そして直接、国民の命を奪うという形で起きる。暴力によるテロへの対策を強化し続けるという論は、滝沢も頷けた。

画面では加世田議員が、真剣な表情でしゃべっている。テロリストは卑怯者の集まりであり、場合によっては警察だけでなく自衛隊が出動することに、法的な根拠を与えることも必要だと主張している。物議を醸す発言だが、にわか仕立てではなく、これまでも同様の趣旨の発言をしている。テロが現実に起きた今、どこまで腹を据えているのかは、これからわかるはずだ。滝沢は、画面に映る加世田を見てそう思った。

ている。

9

来栖が言う通りだった。渋谷の街は、土曜日の午後八時過ぎだというのに閑散としている。

滝沢は、一人でセンター街に入った。かなり広い範囲で立入禁止のロープが張られ、通り抜けることはできなくなっている。周辺にはテレビ局のロゴの入ったカメラを担いだ報道関係者や、現場を見てみようとやってきた若者がうろうろしている。制服警官が周囲で立ち止まらないように声をかけている。

滝沢は、少し離れた場所から現場周辺を眺めると、踵《きびす》を返して歩き出した。今の目的地は他にあった。駅前のスクランブル交差点を渡り、道玄坂を上がった。

前から来た二人組の警察官に呼び止められ、職質をかけられた。車の免許証を見せ、知り合いの店に食事に行くと伝えた。一人がポケットの中身を確認している間、もう一人は、じっと滝沢の表情をうかがっている。普段の職質に比べて、かなり緊張感を伴っているのがわかる。警察官は、不審な点がないのを確認すると、ご協力感謝します、と言って離れていった。

しばらく歩き右に曲がって円山町《まるやまちょう》に入った。都内でも有名なラブホテル街だ。人の姿は少ないが派手なネオンはいつもの通りだ。細く入り組んだ道沿いにはホテルだけでなく、クラブや居酒屋も並んでいる。人通りはほとんどない。

滝沢は、ホテル沿いに左の細い道に入った。突き当たりもラブホテルで、道の右側に数件の居酒屋とバーが並んでいる。左側はホテルの裏側だ。窓のない外壁が続き、奥の端に従業員用の出入り口が一つある。滝沢が向かっている店は右側の奥から二軒目だ。手前の建物は明かりが消え、入り口に、貸店舗の貼り紙がしてある。かなり古い木造の建物でそのまま借り手がつくとは思えなかった。

目指す店の前に立ち、ガラス窓越しに中を見た。客の姿はない。

引き戸を開けて中に入った。五、六人が座れるカウンターと四人掛けのテーブルが一つの小さな店だ。

カウンターの中に立っている男が滝沢を見て驚いたような顔をした。

店主の名は立花勇司《たちばなゆうじ》。今年、三十二歳になるはずだ。最後に会ったのは、滝沢がまだ捜査一課にいた五年前だ。ここに店を出したと聞いていたが訪ねるのは初めてだった。

「覚えていてくれたのか」

滝沢が言うと、立花は落ち着いた笑みを浮かべた。

「お久しぶりです」

「少し話がしたいんだがいいか」

「センター街の件ですか」

立花は笑みを引っ込めて言うと、店の出入り口に目をやった。

「今日は、一人ですか」

滝沢に視線を戻して言った。立花は、滝沢がまだ刑事だと思っているようだ。

「警察は辞めた」

滝沢の答えに、立花は意外そうな顔を向けてきた。

この男を相手に、警察の権威を振りかざしたり、嘘を言ったりしても通用しない。

滝沢は、立花の正面のカウンターの椅子に腰を下ろした。

「六本木で刺殺された男が小暮隼人という名前だった。あの小暮か」

単刀直入に本題に入った。

立花の表情が微かに歪んだ。

「そうなんだな」

滝沢が問いかけると、立花は大きく息を吐き、後ろの冷蔵庫からトレーを取り出し、かけてあるラップをはずした。ニンニクの香りが漂ってきた。

「うちの名物料理です。せっかく来てくださったんですから、召し上がってください」

立花が寂しそうな笑みを浮かべて言った。

「ビールに合いますよ」

立花の意図が読めず、黙って顔を見つめた。

「いつかお見えになったら、食べていただきたいと思っていたんです」

わずかの間を置いて、滝沢は頷いた。

「生ビールでいいですね」

立花が客に向ける笑顔で言い、ジョッキに生ビールを注ぎ滝沢の前に置いた。

「少し待ってください」

立花がトレーから肉の切り身を出してフライパンで焼き始めた。すぐにニンニクと醤油《しょうゆ》の焼ける旨そうな匂いが漂ってきた。

滝沢は、生ビールをひと口、喉に流し込むと、肉を焼く立花の横顔を見ながら五年前のことを思い出していた。

当時、滝沢は警視庁捜査一課の刑事で、円山町のラブホテルで起きた女性殺害事件を追っていた。その捜査の過程で立花を知った。この辺りで遊んでいる連中の中では、知らない人間はいないという男だった。チーマー、カラーギャング、半グレと、呼び名や形を変えて様々な不良の集団が生まれては消えていったが、立花はどこにも属さず、それでいて不良連中から一目置かれていた。喧嘩の強さはもちろんだが、男気があり、兄貴と慕う連中が多かった。六本木で殺された小暮も、その一人だった。

立花は事件の周辺情報を得るために何度か立花に接触した。警察に協力するという考えは、当時の立花にはなかった。だが滝沢は、何度か接するうちに、男気があり、しっかり筋を通す立花に一目置くようになっていた。

そんな時、小暮が地元の暴力団に拉致された。当時流行《はや》っていた脱法ドラッグの密売をめぐるトラブルだった。その話を耳にして、滝沢は面倒なことになったと感じた。その暴力団の組員の一人が、ラブホテルでの殺害事件のホンボシと睨んで、組対の刑事と最後の詰めをしているところだった。さらに立花が単身、小暮が拉致された休業中のスナックに乗り込んだと聞いた。

いくら喧嘩では無敵の男でも、しょせん素人《しろうと》だ。しかも相手の手の内に飛び込んで勝てるわけがない。へたに暴れたら二人とも消されかねない。滝沢は、組対の刑事と打ち合わせたうえで、人数を揃えて少々強引なやり方でスナックに押し込んだ。二人は椅子に縛り付けられ暴行を受けていた。二人を救出し、複数の暴力団員を逮捕した。二人最終的には、その中の一人をラブホテルの殺人事件の容疑者として再逮捕し送検することができた。

その一件で、立花と親しくなった。しばらくして不良生活から足を洗い、店を開いたと聞いた。評判は耳にしていたが、刑事が顔を出すのも迷惑だと思い、連絡を絶っていた。

「お待たせしました」

立花の声で我に返った。

目の前に皿が置かれた。厚みのある牛肉が三切れ、脇にポテトサラダが添えてある。

一切れ箸でつまみ口に運んだ。ニンニクの味と香りが牛肉の旨味を引き立てている。

黒胡椒《こしょう》のピリッとした辛味も心地いい。味の感想を言う前に生ビールのジョッキに手を伸ばした。

「なるほど、人気があるはずだな」

滝沢が言うと、立花は小さく頭を下げた。

「隼人もここに来ると、必ず二皿食っていました。隼人の件、調べているんですか」

立花から切り出してきた。

「最近も会っていたのか」

「最後は先週の金曜日です」

「変わった様子はなかったか」

滝沢が訊くと、立花は下を向いて黙り込んだ。しばらくして顔を上げ滝沢を見つめてきた。

「滝沢さんには返し切れない恩があります。忘れたことはありません。ですから、私にできることならなんでもさせてもらいます」

立花がいったん言葉を切って、表情を引き締めた。

「警察を辞めた滝沢さんが、なぜ隼人の件を調べているんですか」

「俺は今、ある調査会社にいる。虫がいいのは承知の上だが、詳しいことは言えない。だが決して後ろめたいことはしていない。それだけは信じてくれ」

滝沢は、きっぱりと言って立花の目をみつめた。

わずかの間を置いて立花が頷いた。

「センター街の件、隼人が絡んでいるんですか」

「小暮が直接、この事件に絡んでいるわけではない。絡んでいる連中と接点がなかったか知りたいんだ」

滝沢の言葉を聞いて、立花は少し考える様子を見せてから口を開いた。

「隼人は俺が店を開いてからずっと、月に三、四回は顔を出していました。一ヶ月ほど前に来た時に、これから六本木のクラブに繰り出すとか言って、羽振りは良さそうでした。その後、しばらく姿を見せませんでした。久しぶりに来たのが先週の金曜日です。その時は妙に落ち着きがなくて、何かに怯えているようにも見えました」

「何に怯えていたんだ」

「はっきりは言いませんでしたが、やばいところに触っちまった、みたいなことを言っていました」

羽振りが良かったのは、紅蓮の仕事を手伝っていた頃で、怯えていたのは、ランとキングが死んだ後、と考えれば辻褄は合う。

「紅蓮、というグループを知っているか」

滝沢が訊くと、一瞬だが立花の顔色が変わった。

「どうして、その名前が」

「知っているんだな」

「俺は真面目にここで商売していますが、いろいろな情報は入ってきます。紅蓮の名前くらいは知っていますよ」

「小暮は、紅蓮の仕事を手伝っていたんじゃないのか」

「紅蓮が隼人を殺《や》ったんですか」

「紅蓮の仕事をしていたんだな」

滝沢は、立花の問いには答えず、同じ質問を繰り返した。

立花がいったん上を向いて大きく息を吐くと、再び滝沢に顔を向けてきた。

「隼人の口から紅蓮だと聞いたわけではありません。これも一ヶ月ほど前のことですが、一緒に来た男のスマホが鳴って、いったん外に出ました。すぐに戻ってきて、ランさんが急いで来いと言ってる、そう隼人に耳打ちして、二人揃って慌てて店を飛び出していきました。紅蓮の頭はランという男でしたね」

間違いない。小暮隼人は、紅蓮の仕事を手伝っていた。そして消された。

「小暮は、簡単にやられるような男ではないと聞いているが」

滝沢が訊くと、立花は、はっきりと頷いた。

「街中の喧嘩なら、まず負け知らずでしょう。もう少し弱けりゃ、つまらない世界から離れられたかもしれません」

立花が寂しそうに言った。その小暮が喧嘩で勝てなかったのが、目の前にいる立花だった。

「紅蓮は、頭二人が死んだと聞いていますが、まだ動いているんですか」

「つまらないことは、考えるなよ」

滝沢は立花の目を見て言った。立花は黙って見返してきた。今の立花が小暮の仇《かたき》を取ろうとするとは考えられないが、じっとしていられないという気持ちにはなっているはずだ。

店の引き戸が開き、若い男と女が入ってきた。立花が新しい客に顔を向けた。

「お久しぶりっす」

両サイドを短く刈り込んだ若い男が立花に声をかけて頭を下げた。連れの女が少し遅れて頭を下げた。二人ともようやく二十歳《はたち》を過ぎたくらいに見える。

「元気そうだな。真面目にやってるか」

立花が声をかけると、男は嬉しそうに頷き、入り口に近い席に女と並んで座った。

「ニンニク焼き二皿と生ビールお願いします」

「はいよ」

立花が明るく応えて、ジョッキにビールを注ぎ、二人の前に置いた。

立花が肉を焼き始めた。相変わらずこの辺りの若者には慕われているようだ。

滝沢は、少し気が抜けたビールをひと口飲み、肉を口に入れた。冷めても十分美味《お》しかった。

「そうだ、勇司さん」

若い男が声をかけた。

「さっき、気味の悪い野郎が、路地の入り口からこの店のことじっと見てたっすよ」

男の言葉を聞いて立花が顔を向けてきた。

滝沢は黙ったまま頷いた。

「どんな男だ」

立花が世間話のような軽い感じで訊いた。

「黒いパーカーに黒のパンツ姿で、目立つ格好じゃないんだけど、なんか変な感じがするんすよ」

「気持ち悪かったよね」

女が顔をしかめて言った。

「浮気調査の探偵じゃないのか。この辺りは、そんなのがうろうろしているぞ」

立花が軽い感じで受け流し、二人の前に皿を置いた。

「待ってました」

男が声を上げて箸を伸ばした。

「もう一杯いかがですか」

立花が声をかけてきた。微かに緊張の色が浮かんでいる。

「いや、もういい」

滝沢は答えて手元のジョッキを見つめた。店を見ていたという男のことが気にかかる。小暮を殺した男がこの店を見ていた。最悪を想定すればそういうことになる。だが小暮が出入りしていた店とはいっても、今の立花に危害を加える必要はないはずだ。ならば滝沢自身が尾けられていたことも想定しておく必要がある。考えられるのは、紅蓮の生き残りか傭兵だ。Zは誰が見てもわかる大柄な男だ。カウンターの男はそうは言っていない。

滝沢は、ジョッキに残ったビールを飲み干し、立ち上がった。他の客の前で、これ以上、小暮の話はできない。

「ごちそうさん」

立花の言う代金を払って引き戸に向かった。

「滝沢さん、お気をつけて」

立花が声をかけてきた。

振り返って立花と目を合わせた。真剣な表情だ。滝沢は、ありがとう、と言って引き戸を開けて外に出た。

後ろ手で戸を閉めて、その場に立ち止まった。慎重に周囲を見回した。人通りはない。この路地を抜ければ、人通りが少ないといっても渋谷の中心地だ。警察官の巡回も普段以上に行われている。それでも警戒し過ぎるということはない。そう思って歩き出した。

隣の店のドアが開いた。顔を向ける前に右に跳んだ。店から飛び出した黒い影が身体をかすめた。

一歩跳び退き身体を向けた。黒いパーカーに黒ズボンの男が腰を低くして立っている。右手に持ったナイフがラブホテルのネオンを反射して光っている。

八王子から姿を消した傭兵、牙だ。一撃で仕留めるつもりでいたのだろう。だがそれを避けられたにもかかわらず、冷たい笑みを浮かべながら満足そうに何度も頷いた。

滝沢は、牙に向かって身構えた。大声を出して立花を呼ぶか。そう思った時、牙が滝沢の右に回り込むように一歩踏み出した。滝沢は後ろに一歩跳んで距離をとった。

牙が、ゆっくり右手を伸ばしてナイフを滝沢の顔に向け、笑みを浮かべた。何の躊躇いもなく人を刺す、残虐さと狂気が宿った目だ。

滝沢は、歯を食いしばって牙の目を見つめ返した。

路地の入り口の方から、若い男の声が聞こえた。牙から目を逸らさずに声の方を目の端で捉えた。若い男女が腕を組んでこちらに向かって歩いてくる。路地の奥のラブホテルに行くのだろう。牙もその存在はわかったはずだ。

牙が滝沢を見つめたまま数歩後ずさると、ナイフを滝沢の首の高さですっと横になぎ不気味な笑みを深くした。予告のつもりだろうか。首筋に冷たいものを感じた。

牙は素早くナイフを服の内側にしまい背中を向けて走り去っていった。

若い二人連れが立ち止まり、脇を走り抜けていった男の方を振り返っている。

滝沢は、大きく息を吐き、牙が飛び出してきた空き店舗に目をやった。鍵を壊して中に入り、息をひそめて滝沢が出てくるのを待っていたのだろう。

立花の店に来た客が不気味な男の話をしなかったら、こうはなっていない。店に入る前に隣が空き店舗だったのを見ていたので、ドアが開いた瞬間、反射的に危険を感じ身体を動かすことができた。立ち止まって顔を向けていたら、腹にナイフが食い込んでいたはずだ。

だがなぜ牙が襲ってきたのか。脅しではなく、明らかに命を狙っていた。スサノウは、以前、来栖に接触して秀和を仲間にしたいと告げた。その考え方が変わったということか。あるいは牙が雇い主の意思とは関係なく、滝沢を襲ったのか。

滝沢は、周囲を警戒しながら路地を抜けた。相変わらず人通りは少ない。

牙はどうやって滝沢の居場所を知ったのか。秀和の新しい事務所が知られているのだろうか。あるいは牙が、殺した二人とは別の人物を捜していて、立花の店を見張っていた。そこで偶然、滝沢を見かけて襲ってきた。その可能性もある。

事務所には直接向かわず、周囲を警戒し、尾行の有無を確認しながら歩いた。

六本木で刺された小暮隼人が紅蓮と関わっていたという情報は、大きな収穫だ。だが今は、牙が滝沢、あるいは秀和を狙っているということの方が大きい。

これから一連の事件に、どう関わっていくのか。危険な闇にさらに一歩足を踏み込んでいる。滝沢は、そう感じながら人通りの少ない渋谷の街を歩いた。

# 10

久しぶりに走る高速道路だ。

冴香は、はやる気持ちを抑えて、ドゥカティ・モンスター400を周囲の車の流れに乗せていた。向かう先は、かつて冴香が父と兄と暮らしていた長野の道場だ。スネークには伝えず一人で横須賀を出た。

昨日の夜、スネークが再び冴香の下を訪ねてきた。組織の仕事で、急に沖縄に飛ばなければいけなくなったと告げた。かなり面倒な仕事で、ジミーも一緒に行くということだった。それでも三日後には帰ってこられるので、長野の件はその後にもう一度話をしよう。ジミーは反対しているが、自分が一緒なら説得できる。だからそれまでおとなしくしていてくれ。スネークは冴香の肩を両手で摑んで言った。必死の形相だった。

ひと晩、寝ないで考えた。いや考えたというより悩み苦しんだと言った方がいいかもしれない。そして夜が明ける前にマンションを出た。

相良に会って、子供の頃から今まで、自分の身に起きたことの背景をちゃんと知りたい。それが全てだった。危険は承知のうえだ。

ジミーに面と向かって「行くな」と言われたら、それを振り切って飛び出す自信はない。それに今の心理状態で、三日間おとなしく待っていることはできない。

ジミーの厳しさと愛情あふれる目が何度も頭に浮かんだ。一度だけ、ごめんなさい、とつぶやいた。それ以降は歯を食いしばり頭の中からジミーの姿を追い払った。

バイクは圏央道から中央道に入り、諏訪インターチェンジを過ぎた。しばらく進むと、右手に諏訪湖が見えてきた。夜明けの日の光が湖面を鮮やかな色に染めている。子供の頃に見慣れた風景だが、懐かしさより苦い思いが湧き上がってくる。

諏訪湖を視界から外して真っ直ぐ前だけを見た。

岡谷ジャンクションから長野自動車道に入った。すぐに岡谷インターの出口の標識が見えた。インターを下り岡谷の市街地に入った。街は目覚めの時刻を迎えようとしている。市街地から北側の山に向かった。右手に冴香が通っていた小学校がある。そこから先は道が細くなり、建物は何もなくなった。すぐに舗装のない山道になった。この道の両脇はうっそうとした山林だ。冴香はヘッドライトを点して慎重に進んだ。この道を通るのは父が死に、兄が出奔《しゅっぽん》した時以来なので、十四年ぶりだ。

しばらく走ると左側に見覚えのある道祖神があった。かつてはこの先にいくつか集落があったと聞いたことがある。冴香が物心ついた時には、集落は消滅していた。

道祖神の脇に、獣道のような細い道が森の中に続いている。バイクを停めて辺りを見回した。間違いない。道場に向かう道だ。エンジンを切りバイクを道の脇の茂みに入れた。

木々と下草が繁る中を分け入るようにして進んだ。十分も歩くと、静まり返った森の中の空気に張り詰めたものを感じた。かつて道場には常に数人の若者が泊まり込んで修行をしていた。この時間には朝稽古が行われていた。今も変わっていないようだ。稽古の最中は、決して声を上げず無言を貫く。だがその気迫は森の空気を震わせて冴香に伝わってきた。

冴香は、いったん立ち止まり深呼吸した。大丈夫だ。自分の心の声に素直に従う。森の冷たい空気を胸いっぱいに吸い込み心を静めた。

再び歩き出した。すぐに視界が開けた。道場が見えた。懐かしさよりも、おぞましさを感じる。木造の平屋建てで、大きな古寺を改修したと聞いたことがあった。本堂が道場で、かつて住職と家族が住んでいた庫裏《くり》で冴香たちは生活していた。

建物の前庭で四人の若者が組手をしている。頭をきれいに剃《そ》り上げた二人は二十代後半だろう。もう一組の二人はいずれも二十歳前後の若さだ。防具をつけない実戦形式の組手だ。その向こうには、相良が建物を背にして腕を組んで立っている。

冴香は、真っ直ぐ相良に向かって歩いた。

少し前から相良は、じっと冴香を見つめている。

稽古をしている若者たちは、冴香に気づいたはずだが動きを止める気配はない。四人ともかなり腕は立つ。坊主頭の二人は相良に近い腕に見える。

冴香は、相良から五メートルほど離れた位置で立ち止まった。

「一人か」

相良が声をかけてきた。

黙って頷いた。

相良は、しばらく冴香を見つめてから、若者たちに稽古を終えるように告げた。

四人が相良の前に並び、黙って頭を下げ、道場の右手にある庫裏に向かって歩き去った。

相良はそれを見届けると、冴香に背中を向けて道場に向かって歩を進めた。

冴香は、一定の距離を保ちながら後に続いた。道場が近づくにつれて、胸の中にどす黒い塊が膨らんできた。

道場の建物は床が高く、回廊に上がる短い階段がついている。

相良が草鞋《わらじ》のような履物を脱いで、素足で階段を上がった。

冴香は、いったん階段に腰を下ろしてライダースブーツを脱いだ。階段に一歩踏み出そうとして足が止まった。回廊の向こうに板敷きの道場が広がっている。物心ついた時から父に厳しく武術を叩き込まれた道場。そして父と兄の間で、冴香と兄の人生を狂わせた立ち合いが行われた道場だ。

あの日の光景が、はっきりと頭に浮かんだ。鼓動が激しくなった。

「どうした」

道場に入った相良が振り返って声をかけてきた。

冴香は、胸の内を悟られないよう、背筋を伸ばして相良の目を見た。

「自分の父親を殺した場所には入りにくいか」

相良の顔にわずかだが冷たい笑みが浮かんだ。

同時に胸の中が焼けるような感覚に襲われた。怒りなのか、恐れなのか、わからなかった。それでも階段に足を乗せ道場に入った。

道場の中央に向かい合って座った。板敷きの床から朝の冷気が足に伝わってくる。

道場は以前とほとんど変わっていなかった。床はきれいに磨き上げてある。今も毎日、道場生が雑巾がけをしているのだろう。壁には数本の木刀が架けてある。

変わったと言えば、今、冴香が座っている場所の左側、前庭から階段を上がって道場に入った正面に当たる位置だ。かつて寺だった時に祭壇があったのであろう一段高くなった場所に、鞘《さや》に納まった日本刀が飾られている。その向こうには、老人と言っていい年齢の男性の写真が飾ってある。

「覚悟はできているのだな」

相良が声をかけてきた。

「どういう意味」

「ここに来れば、全てを知ることができると手紙に書いた。それはきみが知りたくないことも含めて全てという意味だ。それを聞く覚悟があるのかと訊いている」

相良の目は冷たい。

「私がずっと望んでいたことよ」

相良が頷いた。

「その前に一つ、大前提として教えてほしいことがあるわ」

「いいだろう。想像はつくがね」

「あなたたちがスサノウなのね」

「それは警察が勝手につけた名前だ。我々は武神《たけがみ》私塾と名乗っている」

相良がゆっくりと横に目をやった。

冴香もその視線を追った。日本刀の後ろに飾られた写真。冴香が幼い頃、何度か道場に来たことがある男だ。父や周りの人間は、塾長と呼んでいた。塾長が来る日は、朝から道場が異様な緊張に包まれていた。道場生が数十人集まり、塾長の前で総当たりの組手が行われた。子供心にも恐怖を感じるほどの実戦的な組手だった。

「彼がスサノウのトップなのね」

「その呼び方はやめるんだ。武神私塾という名前がある」

相良が厳しい目を向けてきた。

「その武神私塾が、新宿と渋谷で爆弾テロを仕掛けたのね。いったい何をしようとしているの」

兄の龍矢を冷血な始末屋にしたのも武神私塾ということだ。そう思ったが、口には出せなかった。

「この国を真に独立した国家にする。きみも自衛隊にいたのだからわかるはずだ。自分の国を自分の手で守ろうとしない。どんな危機に直面しても他人事《ひとごと》だと思っている。だからアメリカの顔色をうかがう政治家しかトップに立てない。そんな国を真に独立した国と言えるのかな。私たちは長い年月をかけて準備をしてきた。そしてようやく動けるようになった。それを待っていたように、この国を取り巻く状況は危機的になり始めている。世界が危険な状況を迎えている。しっかりと目を開き、目を覚まさなければいけない時にきている。時代は我々に味方している」

「世直しってやつかしら。昔からよく聞く話ね」

「言ったはずだ。我々は長い期間をかけて準備を進めてきた。それは議論をするための準備ではない。実行するための準備だ」

相良は立ち上がると、しばらく待っていろ、と言って奥に消えていった。

人の気配を全く感じない静けさが道場の中に広がった。外の木立から鳥の鳴き声が聞こえてきた。その声で記憶が再び蘇ってきた。冴香は、記憶を胸の奥にしまい込むため、目を閉じて雑念を頭から追い払った。

どれくらいたったのかわからない。わずかな時だったのか、長い時間がたっていたのか。相良が道場に入ってきた気配を感じ、目を開いた。

相良は先ほどと同じ位置に座り、手に持っていた一通の封書を冴香の前に置いた。

「もう十五年近く前、きみの父上、霧島一刀先生が龍矢と立ち合いをする前日に書かれた手紙だ。時が来たら渡すように言われていた」

封書に目をやった。表に毛筆で霧島冴香様と書かれている。

「まずこれを読むんだ」

相良が冷たい声で言った。

冴香は、自分が知ることへの微かな恐れを抱きながら封書に手を伸ばした。封を切り中の手紙を手に取った。達筆な筆書きで認《したた》められている。

読み進むにつれて、手紙を持つ手が震えた。嘘だ。そんなはずはない。文字を追いながら頭の中で繰り返した。手紙は便箋四枚にわたっていた。もう一度、最初から読み返した。同じ箇所を何度も何度も読んだ。

手紙を握りしめ、相良に目を向けた。

「これを信じろと言うの」

「先生は、字を見れば本物だとわかるはずだとおっしゃっていた」

確かに冴香が覚えている父の筆跡だった。特徴のある字だが、筆跡をまねて相良が書いたということは否定できない。

「信じるかどうかは、きみ自身にしか決められない」

相良の言葉に歯を食いしばった。筆跡だけではない。独特の言い回し、冴香に対する気持ちがそこには表れていた。父が書いたものだと、冴香は確信していた。だがその内容を信じることができなかった。

「おおよその内容は霧島先生から聞かされている。そこにも書かれているはずだが、先生は、当時、不治の病におかされ、余命はもって一年と宣告されていた。そこでこの道場を支える人材の一人として、龍矢に十字架を背負わせることにした」

相良の言葉が遠くから聞こえているような気がした。確かにそのことは書かれてあった。この手紙を冴香が読む時には、父はすでにこの世にはいない。龍矢は道場での立ち合いとはいえ、自分の父親を手にかけたという重い十字架を背負うことになる。

つまり父は、最後は龍矢との立ち合いで命を落とすことを前提にしていた。そのためには、殺さなければ殺される。心底、龍矢にそう感じさせる必要があった。

「先生は、武神私塾が組織された時からの一員だった。この道場で、選ばれた若者の肉体と精神を鍛え上げた。そして龍矢にはその後継者の一人としての資質があると確信していた。あと一歩、甘さと優しさを捨て去り、鬼になれる精神を持てば。そう話しておられた」

それで自らの命を使って、龍矢を地獄に引きずり込んだのか。

「ならば、なぜここの道場主ではなく……」

始末屋などと呼ばれる男になったのか。言葉にはならなかった。

「龍矢が道場を飛び出した後、私たちは彼を連れ戻そうとした。だが私を含む三人がかりでも、彼を押さえることはできなかった。これほどまでに変わるのかと驚いた。こちらが命の危険を感じたほどだった。手加減することはできなかった」

相良が当時の感覚が蘇ったような険しい表情で続けた。

「三人で取り囲み、何とかおとなしくさせようとしたが、彼は全くの別人のようだった。私ともう一人が飛びかかった。龍矢はそれを避けようとしてバランスを崩し膝をついた。後ろに回り込んでいた男の蹴りが後頭部に入り、龍矢は気を失った。気を取り戻した時、彼は全ての記憶を失っていた」

相良が冴香の目を真っ直ぐに見つめて言った。

それをいいことに、始末屋として育て上げたのか。胸の中で熱い塊がどんどん膨らみ、爆発しそうになった。息を大きく吸い込んで耐えた。

「八王子の顚末《てんまつ》は龍矢から報告を受けている。彼が、きみをはじめとする秀和のメンバーに手を出さなかったのは、警察車両が近づいてきたからだ。きみが誰なのかはわかっていない」

相良は、どこまでも冷静だ。いや冷酷と言った方がいいのかもしれない。

手紙にはさらに信じられないことが書かれてあった。

「先生は、きみと龍矢との関係についても書かれたようだな」

冴香は、その問いには答えず、握りしめた手紙に目をやった。

「龍矢は、先生の本当の子供ではない。つまりきみとは血がつながっていないということだ。実の父親は優秀な塾生だったが、不慮の事故で命を落とした。数ヶ月後にその男の妻が産んだ子を、先生が自分の子供として届け出て育てていたのだ。戸籍上も実の子供の扱いになっている。母親も直後に亡くなっている。もちろん龍矢はそのことを知らされていない」

相良に目を向けた。冴香と目が合うと相良は冷たい笑みを浮かべた。

「きみが龍矢のことを本当の兄だと思ってくれていた方が都合がよかったのだが、先生の遺志では仕方がない。もっとも、きみがこの手紙を読む時にこんな立場にいるとは、さすがの先生も想像できなかっただろうがね」

何を信じていいのかわからない。相良から全てを知る覚悟があるのかと問われた時、躊躇いはなかった。だが思いもしないことが次々に目の前にさらされ、冷静ではいられなくなっていた。

今もはっきりと覚えている。父と兄の立ち合いは、本当に命を懸けたものだった。その半年前、兄が十八歳、冴香が十四歳の時だった。父のあまりの厳しさに耐えかねた兄が逃げ出した。その日のうちに道場生につかまり連れ戻された。父は兄に、半年の猶予を与えると告げた。その半年間、必死で修行を重ね父に勝てば、今回のことは不問に付す。ただし負けた時は命がないものと思え。父の口調は静かだったが、決して大げさではないことは、近くにいた冴香にも伝わってきた。

そして父は最後に付け加えた。お前の肉体は立派だが、精神の弱さは母親譲りだ。あの女がいなくなれば少しはまともになるかと思ったが、無駄だったな。

そのひと言で兄の目の色が変わった。母は優しく、冴香と龍矢にとって、日々の暮らしの中で唯一の救いだった。その母が突然、自ら命を絶った。三年前のことだった。
思い当たる理由はなかった。
兄の龍矢は、母を心から愛し慕っていた。
「あなたが、母さんを追い詰めた。あなたが母さんを殺したんだ」
兄が初めて口を開いた。父は何も言わなかった。父に向けた兄の目は怒りに燃えていた。だがその母親と兄は血がつながっていないのだ。当時の冴香や兄には知る由もないことだった。

　その日から、厳重な監視がつけられる中、兄は人が変わったように稽古に打ち込んだ。一週間もすると頬は肉を削《そ》いだようにこけ、目だけが異様な光を帯びていた。冴香と口をきくことも、ほとんどなかった。優しかった兄が変わってしまった。冴香にとって不安と悲しみの半年だった。

　そしてその日、冴香は道場で、短い木刀を使って小太刀の稽古を一人でしていた。父に言いつけられた毎朝の日課だった。

　父と兄が道場に入ってきた。二人の雰囲気から、今日が立ち合いの日だとわかった。冴香は小太刀を脇に置いて道場の隅に正座した。

　二人は向き合い、言葉を発することなく構えを取った。

　道場の空気が一気に冷たくなった。冴香は膝の上に置いた拳をきつく握りしめた。

　父が一歩踏み出した。兄は同時に大きく踏み込むと続けざまに正拳を繰り出した。

顔面、胸、腹、目まぐるしく上下に打ち分け、父を後退させた。容赦のない攻撃だった。兄の表情は全く変わらない。父を殺す気でかかっている。冴香はそれをはっきりと感じ、恐ろしさで目を開けていられなくなった。

兄の鋭い気合いの声を耳にして目を開いた。父が右に回り込んだタイミングで兄の上段回し蹴りが父の首筋に向かって放たれた。入った。冴香はそう思った。だが父は身体を反らせて蹴りを躱《かわ》すと踏み込んで兄の顔面に向けて正拳を突き出した。兄はかろうじて避けたが、拳が頬をかすめた。渾身《こんしん》の力が込められた突きだった。まともに当たっていたら無事では済まないのは、冴香の目から見ても明らかだった。

兄が一歩下がった。それでも臆することなく父に向かって跳び込み、前蹴りから左右の突きを出した。父は難なくこれを躱し、逆に中段の回し蹴りを放った。兄は咄嗟に腕でガードをしたが、蹴りの衝撃でバランスを崩した。

危ない。冴香は思わず腰を浮かした。

父が蹴りと突きを矢継ぎ早に繰り出した。一発一発がスピードと破壊力を秘めている。兄は躱すのが精一杯になった。

やめて、もうやめて。叫び出したくなり涙があふれてきた。

兄が一歩跳び退いた。父の踏み込みはそれを許さなかった。前蹴りが兄の腹に食い込んだ。兄が前かがみになった。父がいったん背筋を伸ばして構えを取り直した。同時にこれまでとはけた違いの殺気が父の全身から放たれた。

お兄ちゃんが殺される。冴香は咄嗟に片膝立ちになると手元にあった小太刀を摑んで振りかぶり、父に向かって思い切り投げた。気配に気づいた父が左腕で小太刀を払い落とした。そして冴香に向けて信じられないものを見るような目を向けてきた。そのわずかな隙を兄は逃さなかった。伸びあがるようにして父の左の首筋に回し蹴りを叩き込んだ。父が膝をつき鬼のような形相を兄に向けた。一瞬ひるんだように見えた兄が、雄叫びを上げ回し蹴りを放った。側頭部に蹴りを受けた父は、そのまま道場の床に倒れた。

今、冴香が座っている辺りに父は倒れ動かなくなった。

兄はその場に腰を落とした。冴香も動くことができなかった。どれくらい時間がたったのかわからなかった。兄がゆっくりと立ち上がり、倒れている父に近寄った。冴香も兄の背中に寄り添った。父が死んでいるのは、冴香の目にも明らかだった。

兄は振り返ると冴香の両肩を摑み、強くなるんだ、そうすれば必ずまた会える。そう言って道場を飛び出して行った。

いやだ、一人にしないで。心の中で叫んだ。なぜか声にはならなかった。追いかけたかったが足は動かなかった。

兄に手を貸して父親を殺してしまった。自分のしたことの恐ろしさに、ようやく気づいた。倒れている父の姿を見て悲鳴を上げた。記憶はそこまでだった。

気づいた時には庫裏の奥の部屋で布団に寝かされていた。

「先生は、きみに頼みごとをしているはずだ」

相良の声で我に返った。手紙には、冴香にこの道場を継いでほしいと書かれてあった。龍矢はその手助けをする立場になる。兄との立ち合いに敗れて命を落とすことを前提にしていた。兄の龍矢ではなく冴香に継げというのは、兄が実の子ではないからなのか。詳しいことは、この手紙を渡した男に聞くようにとしてある。

「わからないことが多すぎる」

冴香は、何とか冷静を保ちながら言った。この組織に入るように言われたのは、これが二度目だ。最初は自衛隊時代だった。

「菊池三佐は、なぜ私を襲ったの」

菊池三等陸佐は、自衛隊を辞めて別の組織に入るように誘い、断った冴香の命を狙った男だ。

「彼は、きみが自衛隊に入ったのは、きみの意思であり、将来、行動を共にするための準備だと思っていた。だが、それはまだ君に話す段階ではなかった。彼は自分が先走ったことをしてしまったと気づき焦った。演習中の事故で亡き者にして、自分のミスを隠そうとした」

「それほど大きなミスだったの」

「我々にとって、霧島先生は偉大な存在だ。だからきみが我々と行動を共にするというのは、極めて大切なことだ。じっくり時間をかけて、きみを納得させるつもりだった。それを台無しにしてしまったのだ。責任は大きい」

「菊池三佐はどうなったの」

「彼は、あの後すぐに自衛隊を辞めた。そして行方がわからなくなった」

相良が冷たく言って口を閉じた。

道場の中を重たい沈黙が覆った。沈黙に押しつぶされそうになった。歯を食いしばり、腹に力を入れて相良を見つめた。

先に口を開いたのは相良だった。

「先生の遺志はそこに書かれているはずだ」

相良に言われ、冴香は握りしめていた手紙に目をやった。この道場を継ぐというのは、相良がいる組織に入れということだ。

「私がテロ組織に入ると本気で考えているの」

「自衛隊を離れたきみの行方を捜した。命を落としたかとも思ったが、死体は見つからなかった。ところが秀和という警察のイヌの中に、きみがいることがわかった。そして八王子の騒ぎの後、偶然、横須賀できみの姿を見つけた。これは運命だな」

「父がどう考えていたとしても、私があなたたちと行動を共にすることはない。今日は、真実が知りたくて来ただけよ」

冴香は、相良の目を正面から見つめながら、はっきりと言った。

相良は、いったん冴香から目を逸らし自分の手元を見た。すぐに顔を上げ、冷たい笑みを浮かべた。

「きみの父上、霧島先生に指導を受けた我々の仲間は、今も感謝と尊敬の念を持ち続けている。先生の教えに背かないように。それが彼らの合言葉になっている」

相良の顔から笑みが消え、冷たさだけが残った。

「その実の娘である霧島冴香が、敵対する組織にいる。それは看過できないことなのだ。父上の遺志に従って我々と行動を共にするか、そうでなければ」

相良がそこで言葉を切った。生きては帰さない。そういうことか。座っているだけの相良が、一回りも二回りも大きくなって冴香にのしかかってくるように感じた。身体中に力を入れていないと、目を伏せてしまいそうだ。

冴香は立ち上がった。

相良は黙って見上げている。

相良に背中を向けて歩き出した。道場を出ようとした時、左右から二人の男が現れ行く手を塞がれた。外で稽古をしていた四人のうちの坊主頭の二人だ。

正面に立った男は、右の眉毛の上から目尻の下にかけて刃物で切られたような傷痕がある。皮膚が引きつっているのか右目は半分瞑っているように細い。

「力ずくで帰ってみるか」

後ろから相良の声がかかった。声と同時に、二人から殺気が上がった。姿勢は全く変えていないが、どんな攻撃にも対応できる。相良の命令があれば、冴香の命を奪うことも躊躇わない。そう思わせる目をしている。明らかに冴香より腕が上なのは、稽古を見た時からわかっている。冴香は身体から力を抜いた。

ジミーとスネークの顔が浮かんだ。

一瞬、そう思った。だが考え抜いての行動だった。このことここに来たのが間違いだったのか。兄のこと、父のこと。真実を知りたい。その気持ちを抑えられなかったのだ。

「お嬢さんを奥の部屋にお連れしろ。失礼のないようにな」

相良が言うと、男の一人が小さく頷き、背中を向けて板敷きの回廊を庫裏に向かって歩き出した。もう一人の男が、冴香を促すように後ろに立った。冴香は、二人に前後を挟まれて歩き出した。

いつの間にか日は高くなっている。庫裏に一歩足を入れた。冷たい空気が冴香を包んだ。来た時よりも激しいおぞましさが身体の中に広がっていった。

背後の森から聞こえる穏やかな鳥のさえずりを聞きながら、冴香は薄暗い建物の中へと歩を進めた。

## 11

「あそこです」

角田が少し先にある三階建てのマンションを指さして言った。

午後八時を回っているが窓に明かりが見えるのは一階の端の部屋だけだ。

新大久保駅と大久保駅の真ん中あたりの住宅街だ。以前に比べれば新しい建物が増えたが、今もかなり古いマンションやアパートが残っている。

角田が持ってきた情報だった。

六本木と歌舞伎町で殺害された二人と親しくしていた八木《やぎ》という男が、事件の二日前に何者かに襲われたというのだ。その八木の居場所がわかったと角田から連絡があった。キャバクラに勤めている女の部屋に転がり込んでいるということだった。

マンションは外装に手を入れているが、かなり古い。オートロックもなく難なく目指す部屋の前まで行くことができた。

角田がドアフォンを押した。しばらく待ったが反応はない。

二回、三回とドアフォンを鳴らした。ドアの向こうで人が動く気配がした。

「お荷物届けに来ました」

ドア越しに声をかけた。

「うるせえな」

男の声がしてドアが小さく開いた。

滝沢は、ドアチェーンがないのを素早く確認すると、ドアの端を摑んで思い切り開いた。

「何だ、てめえは」

男が言うのを無視して、トレーナーの首元を摑んで身体をドアの内側に押し込んだ。右の頰全体に白い布がテープで貼り付けてある。そのまま、玄関から短い廊下を通って奥の部屋まで男を押しやった。部屋は六畳くらいの広さのフローリングで、右の壁際にシングルベッド、左の壁際にはラックがあり、派手な女物の服がかかっている。

滝沢は、黙ったまま男を奥の窓際に突き飛ばした。

男が床に腰を落とした。足もけがしているらしく、ほとんど抵抗はしなかった。

「八木だな。少し訊きたいことがある」

膝を曲げて、男の視線に顔の位置を合わせた。

「ふざけたことしやがって。誰だてめえらは」

男が怒りのこもった目を向けてきた。

「紅蓮だと言ったらどうする」

男の顔が一瞬引きつり、素早く身をひるがえして窓に手をかけた。

後ろからトレーナーを摑み引きずり戻した。

「知らねえよ、俺は何も知らねえよ」

今にも泣き出しそうな顔を左右に振った。紅蓮の名前を聞いた瞬間に、恐怖に取り憑《つ》かれたようだ。

「心配するな。俺たちは紅蓮じゃない」

滝沢が言うと、男は震えながら何度も頷いた。

「小暮と千葉のことを誰かに話したな」

殺害された二人だ。

「知らねえ、知らねえよ」

八木が激しく首を振った。

「ちゃんと話せば、今日のことは誰にも言わない。そうでなけりゃ、お前がしゃべったせいで二人が殺されたと、六本木辺りで遊んでる奴らに耳打ちして回るぞ」

「俺は何もしてねえよ」

八木のトレーナーの胸倉を摑んで引き寄せ、耳元に口を寄せた。

「わかった。お前を捜しに来た奴らにもそう言うんだな」

小声で言い立ち上がった。

「待ってくれよ。あんたら誰なんだよ」

「それは知らない方がお前のためだ」

「言ったよ。言ったけど、誰でも知ってるようなことだけだ。それに見ろよ、これ」

八木がトレーナーをたくし上げた。

胸から腹にかけて白い包帯でぐるぐる巻きになっている。

「あの野郎、俺を椅子に縛り付けて、ナイフで少しずつ……」

八木が下を向いて黙り込んだ。

「あの野郎ってのは誰だ」

「知らねえよ。ガタイはそれほどでかくないけど、蛇みたいな目をした野郎だよ」

八木は蘇ってくる恐怖を吐き出すように、訊かれた以上のことを話した。

十日ほど前、六本木で遊んだ後、近くのコインパーキングに駐めていた自分の車に乗り込んだところ、後ろの席から手が伸びてきて首筋に刃物を当てられた。

男に言われるまま車を走らせ、工事中の建物に連れ込まれ、椅子に縛り付けられた。そしてナイフで胸や頬を切られ、小暮と千葉のヤサ、女、それに普段出入りしている店を教えるように言われた。八木は二人が殺された店を含めた四つの店の名前を白状した。円山町の立花の店も入っていた。

八木が口にした男の容貌は、滝沢が知る牙と一致した。

「小暮と千葉は紅蓮とつるんでいたのか」

「あの二人は紅蓮のメンバーだよ。実際はどうか知らねえけど俺たちはそう思ってた。それくらい紅蓮の仕事を手伝ってたんだ」

小暮たちを刺殺したのは牙で間違いない。スサノウの指令で口封じをしたのか、他に理由があるのか。それはまだわからない。

八木は下を向いて震えている。これだけわかればいいだろう。

「しばらくは外に出ないで、ここでじっとしているんだな。それがお前のためだ」

滝沢は、声をかけて外に出た。

新大久保の駅に向かいながらスマホを取り出し、八木の居場所と今聞いた内容を来栖に報告した。すぐに佐々倉に伝えてもらう。事前に来栖や沼田と相談していたことだ。今日中に警察が八木の身柄を押さえ、任意の事情聴取を行うはずだ。公安が追っている傭兵に関わる情報だ。公安との綱引きには役に立つだろう。

佐々倉の依頼に応えることは、長官レースで刑事局長のお先棒を担ぐことになるが、それは仕方がない。秀和の存在価値を佐々倉に認識させておく必要がある。

「二人を刺したのは、例の傭兵の生き残りってことですか」

「そう思って間違いなさそうだ」

「八木は、なんで消されなかったんでしょうね」

角田が前を見たまま小さな声で言った。

「それは俺も不思議に思っていた。だが八木に会って、わかったような気がしたよ」

八木は牙がその場を去った後に、何とか拘束を解いて逃げ出したそうだが、脅されて小便くらいは漏らしたかもしれない。

牙は、手応えのある相手にしか興味がない。脅して泣きわめくような奴を殺しても面白くないのだろう。放っておいたところで八木は警察に駆け込めるような、まともな男ではない。

滝沢が説明すると、角田は、なるほどね、と言って苦笑いを浮かべた。

歌舞伎町に寄るという角田と別れて、大久保通りに向かった。

この近くにある角田の知り合いの闇医者に傷の手当てをしてもらったことがあった。

歌舞伎町で紅蓮の手先だった橋爪《はしづめ》とやり合い、けがをした時だ。あれから三週間もっていない。あまりに多くのことがありすぎて、ずいぶん前のような気がする。

だがこれからが本番だ。この雑踏のどこかから牙がこちらを見ているかもしれない。

そんな緊張感を抱えながら大久保通りに出て、流しのタクシーに手を挙げた。

## 12

渋谷センター街のテロの犠牲者が九人になった。意識不明で治療を受けていた二人が、けさ息を引き取った。テレビの画面には事件発生直後の映像が映し出され、アナウンサーが新たに亡くなった二人の名前や年齢を伝えている。

滝沢は、いったんテレビから目を逸らし大きく息を吐いた。

六本木と歌舞伎町で殺害された小暮と千葉が紅蓮と関係があり、手を下したのは牙である可能性が高いことがわかった。だがそこから先は全く情報が摑めていない。あちこち走り回っているが、全く手掛かりにたどり着けずにいた。

来栖が自分のデスクでスマホを耳に当てて何か話している。話し始めてだいぶたつ。緊張した面持ちで相手の話を聞き、いくども質問をしているのがわかった。

しばらくして来栖がスマホを耳から離し、何ヶ所かに電話をした。電話を切った来栖が、ソファーに歩み寄ってきた。来栖は、パソコンブースにいる翔太にも、こちらに来るように声をかけた。

滝沢と翔太が並んで座り、テーブルを挟んだ向かい側のソファーに沼田、来栖は両方が見える位置に椅子を転がしてきて座った。

「冴香さんについてでした」

「誰からなの。まさか紅蓮の生き残りじゃないよね」

翔太が身を乗り出した。

「違います。ジェイムス・クラーク、通称ジミーと名乗りました。元海兵隊員で、現在は民間人になり、日本国内で特別な任務に就いている組織のリーダーだと言っていました」

「ボールドイーグルですか」

沼田が慎重な面持ちで訊いた。

「ご存知ですか」

「直接接触したことはありませんが、公安にとっては決して無視できない存在でした。本拠は横須賀にあると聞いています」

滝沢も噂だけは聞いたことがあった。Bald eagle、日本語で白頭鷲《はくとうわし》。その名の通り頭が白い大型の鷲で、アメリカの国鳥だ。その名前で呼ばれる組織が、日本国内で様々な情報を集め本国に送っていると噂されていた。

「私も警察庁にいた時に、何度か耳にしたことがあります。電話の後で、できる限りの情報を集めてみました。トップが通称ジミーという海兵隊出身の男だということは確認できました」

「それだけで信用したわけじゃないよね。だいいち、どうやってここに電話がかけられたの」

翔太が声を上げた。

「冴香さんのスマホにあった番号だと言っていました」

冴香がその男の所にスマホを置いていったということだろうか。冴香の身に何かあったことは間違いなさそうだ。

「ジミーと名乗った男は、冴香さんに傭兵の情報を伝えたのは自分だと言いました」

来栖が三人を見回しながら話を戻した。秀和に傭兵の情報をもたらしたのが冴香であることは、ここにいる四人しか知らない。

「海兵隊時代に、自衛隊の特殊任務部隊にいた冴香さんと知り合った。傭兵の情報を伝えたのは、冴香さんが訪ねてきた先月二日だと言っていました。日にちは合っています。そして八王子の件があった七日の夜にバイクに乗って訪ねてきたそうです。廃工場で出会った始末屋のZが実の兄だったことも話したと」

「そいつらが本物だとして、冴香ねえさんのことで、何の話があるっていうんだ」

冴香の名前を聞いてからの翔太は、焦りが抑えられない様子だ。

「詳しい話は、会ってからと言っていました。すでに部下一人と都内で待機しているということです」

「会うのですか」

「それを皆さんにご相談したいと思っています」

「会ってみるべきでしょう」

滝沢は、すぐに答えた。ジミーと名乗る男がした話は、少なくとも冴香から直接聞かなければ知りえない内容だ。

「お二人の意見は」

来栖が沼田と翔太を交互に見た。二人に反対はなかった。

「どこで会うかですが」

「ここがいいでしょう」

沼田が言った。

「もし秀和と敵対する人間が、何かを仕掛けてきたのだとしたら、外だと何人に囲まれるかわからない。私たちはシグを持ちます」

沼田が来栖から滝沢と翔太に目を移しながら言った。シグ・ザウエルは、八王子に向かう前に来栖が用意した銃だ。今は三丁とも来栖のデスクにしまってある。

スサノウが仕掛けた罠だとしたら、この事務所の場所を教えることになる。それでも来栖の話を聞く限り、その可能性は低そうだ。外で会うとしても、警察官の巡回が多い状況で銃を持って出ることはできない。滝沢も事務所で会うのがいいと思った。

「わかりました。彼らに連絡します」

来栖は、ポケットからスマホを取り出して耳に当てた。

ジミーと部下の男は約束通りきっちり三十分後に、インターフォンを鳴らした。

対応した来栖がオートロックを解除し、部屋に来るように言った。

滝沢は、シグを構えたまま部屋の玄関で二人を出迎えた。

「すまんが、あんたたちを信用しているわけじゃない」

銃を見ても二人に驚いた様子はない。

二人ともダークスーツにノーネクタイという格好だ。年配の男がジミーだろう。五十代後半に見えるが、鍛え上げた身体に年齢相応の貫禄が備わっている。もう一人の男は二十代後半に見える。こちらもかなり鍛えていることがスーツの上からでもわかった。

二人を先に歩かせて、事務室のリビングに入った。

来栖と沼田が近づいてきた。沼田は銃を構えている。

「秀和の代表、来栖です」

来栖は、一メートルほど離れた位置で止まり、落ち着いた口調で言った。ジミーが口を開こうとするのを右手で制して、書類を入れるようなプラスチックのケースを差し出した。

「お持ちの武器はここにお願いします」

わずかの間を置いてジミーが頷いた。

沼田が右手で構えたシグに左手を添えた。

二人は黙ったまま上着の内側に手を入れて銃を取り出し、ケースに置いた。ベレッタ92FS、米軍の制式拳銃だ。

「もう一丁あります」

ジミーが銃を取り出してケースに置いた。

シグ・ザウエルだ。

「サヤカさんが置いていった銃です」

来栖が銃にじっと目をやっている。

「それと、これは冴香さんのスマートフォンです」

ジミーが黒いスマホをシグの横に置いた。

滝沢は、二人の前に回った。

「両手を上げて後ろを向いてくれ」

二人は素直に従った。

一人ずつ後ろから全身をチェックした。予備の武器を持っていないことを確認すると、来栖と沼田に顔を向けて頷いた。

「どういうことだよ」

翔太が叫ぶように言って、ソファーから立ち上がった。

「今お話しした通りです。サヤカさんが姿を消してしまいました」

答えたのはジミーだ。

「落ち着け、翔太」

滝沢は、声をかけて翔太を座らせた。滝沢たち三人は、ジミーと若い男と向かい合う位置のソファーに並んでいる。来栖は、いつものようにソファーを左右に見る位置に椅子を運んできて座っている。

「秀和のことはサヤカさんから聞いています。彼女は皆さんを信用し、かけがえのない仲間だと思っています。ですから、こうしてお願いに来ました。冴香さんを助けたい。力を貸してください」

ジミーが四人を見回し、冴香が横須賀に来た時の様子から、いなくなるまでに起きたことを詳しく説明した。

「冴香は、相良という男の下に行ったということですね」

沼田が落ち着いた声で訊いた。

「おそらく」

ジミーが答えた。

「私たちが任務で横須賀を離れたのは、十九日の深夜です。帰るまで待っていてほしいと頼みましたが、きいてはもらえませんでした。ですからサヤカさんが長野に向かったのは、早ければ二十日、三日前ということになります」

「頼ってきた冴香ねえさんを、むざむざそんな所に行かせちゃったのか」

翔太が怒りの目をジミーに向けた。

「サヤカが途方に暮れた時に頼ったのは、横須賀だった」

ジミーの隣に座っている若い男が、初めて口を開いた。

「何が言いたいんだよ」

翔太がわずかに腰を浮かして男を睨んだ。

沼田が黙って翔太の肩に手を置いて、若い男に顔を向けた。

「きみの名前をまだ聞いていなかった」

「スネーク。サヤカはそう呼んでいる」

「なんだそれは」

「サヤカがつけた名前だ。意味は彼女に訊いてくれ」

スネークと名乗った男が皮肉を込めた笑みを翔太に向けた。

「お前、喧嘩売りに来たのか」

翔太が立ち上がった。

「いい加減にしろ」

滝沢は、翔太の腕を摑んで座らせると、スネークと名乗った若い男に目を向けた。

「あんたもだ」

「申し訳ない」

謝ったのはジミーだった。

「この男がスネークと呼ばれているのは、サヤカさんと初めて会った時に、首から顔にかけてペイントだが蛇のタトゥーをしていたからです」

ジミーが翔太に向かって説明した。

翔太は、頷きもせず横を向いた。

「本題に戻りましょう」

来栖が五人を見回して続けた。

「相良は、かつて冴香さんの父親がやっていた道場で、今も若者の指導をしている。横須賀で会った時は力ずくで連れ去ろうとしたが、今回は、彼からの手紙を読んだ冴香さんが、自分の意思で行った。そういうことですね」

「兄のこと。父親のこと。そしてこれまで自分に起きたこと。全てを知りたいという思いが、私の気持ちを上回った。それに気がつかなかった私のミスです」

「あなた方は、どこまで知っているのですか」

沼田がジミーに問いかけた。

「サヤカさんの兄、Zと呼ばれている男が相良の支配下にいるということ。そして彼らは、警察内部でスサノウと呼ばれている組織の人間だと思っています」

ジミーが躊躇うことなく答えた。

「サヤカさんの父の霧島一刀は、スサノウのメンバーにとって精神的な柱であったようです。その一刀の娘が敵対する組織にいることは認められない。あらゆる手を使って組織に入れようとするでしょう。それに対してサヤカさんがどういう態度を示すかは想像がつきます。組織に入れるのが無理だと判断したら、サヤカさんを抹殺することを躊躇わないでしょう」

冴香がかなり危険な状況に置かれていることは理解ができた。

「確認したいことがある」

沼田がジミーの目を見て言った。

「なぜ相良は冴香があなたたちの元にいることを知ったのですか」

「これは想像でしかありませんが、彼らが私たちの行動を監視していて、メンバーの顔写真をどこからか撮影して本部なりに送っている。その中にサヤカさんが写っていた。他には考えられません」

「それは、あなたたちがスサノウと敵対する関係にあるということですか」

沼田の問いかけに、ジミーは少し考える様子を見せた。

「スサノウについて、明確には把握していませんでした。今回の新宿での爆弾テロ事件が起きてから本格的に情報収集を始めました。そして我々の仕事は情報を本国に送ることであって、スサノウを潰すことではありません。たとえ彼らが、もっと激しいテロ活動を行ったとしてもです」

ジミーが冷静な口調で言った。

沼田が黙って頷いた。

「冴香を連れ戻そうとするのはあなたたちの組織としての仕事ですか」

「私の個人的な問題です」

ジミーが躊躇わずに答えた。

「どういう意味ですか」

「一緒に戦場に立ったことはないが、私は彼女を戦友だと思っています。我々は戦友の窮地を放っておくようなことはしない。それに……」

ジミーが言葉を切った。

全員の目がジミーに向いている。

「今のサヤカさんは戦いの場に立てる状態ではない。アメリカに行って静かに暮らせるように手配をする。そう彼女に提案しました。私の養女にして国籍を取らせることも考えました。だがそれを受け入れてはくれなかった」

ジミーが目を伏せて小さく頭を振った。

言っていることに嘘はなさそうだ。

「我々にできることは？」

来栖が冷静な口調で訊いた。ジミーの話を信じたということなのだろう。

ジミーが顔を上げた。

「相良がいる道場については、長野の山の中ということしかわかりません。長野は山が多い。それだけで場所を特定するのは、我々の力では時間がかかりすぎます。立場上、日本の警察の力を借りることはできません。心当たりはありませんか」

ジミーが厳しい表情のまま、四人を見回した。

冴香が自分について語ることは、ほとんどなかった。

「長野……」

翔太が誰とも目を合わさず、つぶやくように言った。

「心当たりがあるのか」

滝沢は、翔太の横顔を見た。

「去年の八月だった」

翔太が顔を上げた。

「国会議員と暴力団のつながりの裏取りで長野に行ったよね。諏訪湖の近く、岡谷市だった。沼田さんと滝さんは、他の急ぎの仕事が入って、僕と冴香ねえさんの二人だったんだ。暴力団の車を振り切ろうとして走っていた時、冴香ねえさんが、やけに細かい道を知っているんで助かったんだよ。後で、あの辺りに土地鑑があるのか訊いたら、余計なことは訊くなって睨まれた。今でも忘れられない冷たい目だった」

「その辺りだな」

沼田が言って、来栖に顔を向けた。

来栖が頷いた。

「佐々倉氏を通じて、地元の警察に照会します。山の中にある武道場、しかもかなり古くからある。警察なら情報を持っているはずです」

「佐々倉には詳しいことは言わずにいてください。そこがスサノウに関係する施設だとわかったら、警察が動き出す。警察内部にいるスサノウの一員がそれを知れば、奴らは姿を消す。そうなったら手掛かりはなくなる。冴香もどうなるかわからない」

最悪のシナリオは、冴香を抹殺して彼らが姿を消すということだ。

「心得ています。それは任せてください」

「俺と翔太で行きます。沼田さんは来栖さんと残ってください」

沼田はまだ八王子での傷が癒えていない。来栖を一人にするのも心配だ。沼田もそれはわかっているはずだ。

沼田が顔を向けてきた。

「その道場がスサノウの本部もしくは、それに近いものだとしたら、簡単に救出というわけにはいかないぞ」

厳しい表情で言って、沼田はジミーに顔を向けた。

「その手のことは、あなた方は専門だろう。どう考えているんだ」

「おっしゃる通りです」

ジミーが答えた。

「スサノウは街中でテロを起こし、市民を無差別に殺傷する組織です。行動の邪魔をする人間を殺すことは躊躇わないでしょう」

ジミーが言葉を切り、滝沢に目を向けてきた。

「私たちが秀和にお願いするのは、道場の場所の特定です。それがわかれば、私たち二人で行きます」

「ふざけるな。俺たちに黙ってここで待っていろって言うのか」

翔太が怒鳴るように言った。

「あなた方が、それなりの能力を持っていることは知っています。それでも――」

「待ってくれ」

滝沢は、ジミーの言葉を遮った。翔太のように声を荒らげるつもりはないが、はいそうですかと言えることではない。

「あなたは冴香を助ける理由について、窮地に陥った戦友を放っておくことはできないと言った。俺たちは、これまで冴香と一緒に戦ってきた。特に今回の件では文字通り命を懸けてだ。その俺たちに黙って見ていろと言うのか」

ジミーが口をつぐんだまま滝沢を見つめてきた。しばらくの間を置いてジミーが滝沢の目を見たまま頷いた。

「あなた方に失礼なことを言ったのをお詫びします。一緒に行きましょう。ただし」

ジミーの目がすっときつくなった。

「リーダーは私ということを認めてください。現場では私の指示に従っていただきます。サヤカさんを救出して、全員が無事に戻る。これがミッションです」

口調は静かだが、有無を言わせない強い意志が込められていた。

「わかった。約束しよう。いいな」

最後のひと言は翔太に向かって言った。

翔太が滝沢からジミーに視線を移し頷いた。

「時間がもったいない。私たちは岡谷に向かって出発します。佐々倉から情報が入ったら連絡をください」

滝沢は立ち上がり、来栖に声をかけた。

来栖が滝沢の言葉に頷き、自分のデスクに向かった。

相手がどんな連中なのかわからない。それでも今は、冴香を連れ戻すことだけを考える。胸のポケットにしまったシグを握りしめた。

13

「まず道場に近づいて状況を確認しましょう」

ジミーが目の前に広がる山林を眺めながら言った。

岡谷の市街地から山裾に入った空き地だ。近くに建物はなく車を駐めておくにはちようどいいスペースだ。

秀和の事務所から車二台で出発し、一時間もしないで来栖から連絡があった。該当する道場は岡谷市の山間部にあった。詳しい地図がスマホに送られてきた。車で近くまで行くわけにはいかない。ここから山道を歩いて三十分以上はかかるだろう。

「行きましょう」

ジミーが声をかけ歩き出した。

すでに夕闇が辺りを包んでいる。滝沢は黒のパンツとジャンパーを着ている。翔太は下はジーンズだが上は滝沢と同じような黒のジャンパーだ。

ジミーとスネークは、黒のジャンパーを着ている。車の中で着替えたのだろう。辺りを警戒しながら山道を進んだ。乗用車がぎりぎり通れるくらいの道幅だ。周囲はうっそうとした山林だ。進むにつれて夕闇が濃くなっていく。

三十分ほど歩いたところで、先頭にいたスネークが立ち止まった。黙ってすぐ横の茂みに目を向けている。視線の先の木立の中に赤いバイクが見えた。ドゥカティ・モンスター400。冴香がここに来たことは間違いない。

その先に獣道のような細い道がある。スネークが顔を向けてきたので滝沢は黙って頷いた。地図によると、この先に道場があるはずだ。

スネークが冴香のバイクの脇に立って何かを始めた。しばらくして振り返ると、右手を差し出してきた。掌《てのひら》にはキーが載っている。

「サヤカは、リアタイヤのフェンダーの裏にスペアキーを貼り付けている。修理に付き合った時に知った」

スネークはキーを見つめたまま言うと、バイクに身体を向けキーを戻した。

スネークを先頭に山林の中に入った。獣道は使わずに道場に近づいた。何度も立ち止まり、周囲を見回している。侵入者に対する罠を警戒しているのだろう。黙ってその動きに従った。しばらく歩くと木立の先に明かりが見えた。

立ち止まり腰をかがめた。

かなり広く立派な造りの寺だ。本堂の前庭に二基、篝火《かがりび》が焚《た》かれている。本堂の扉は開け放たれている。本堂がそのまま道場になっている。薄暗い道場の奥側に等間隔で燭台《しょくだい》が立てられ、ろうそくが灯っている。人が動く姿が見える。四人が二組に分かれて組手をしている。その動きに合わせて、ろうそくの炎が揺れる。

滝沢は木々の間から建物を見渡した。

「向かって右側が、住職や家族が住む庫裏という建物だ。冴香がいるとすれば、おそらくあそこだろう」

道場と庫裏は別の建物で、屋根の付いた渡り廊下でつながっている。長さは五メートルほどだ。

庫裏から出てきた道着姿の男が、回廊を歩いて道場に入っていった。

「相良だ」

スネークがささやくように言った。

　これで道場には最低でも五人いることになった。

「庫裏の方に回りましょう。サヤカさんのいる場所を確認する。そして庫裏に何人いるのかも知る必要がある」

　ジミーが落ち着いた声で言い、スネークに顔を向け頷いた。

　スネークは黙ったまま腰をかがめて林の中を歩き始めた。

　建物から一定の距離をとって移動した。日は完全に落ちて月も出ていない。林の中は真っ暗闇だ。木の密集度も高い。木の幹に手をつき足元を確認しながらゆっくり進んだ。

　庫裏の正面が見えた。庭を挟んだ外廊下に、閉まった障子が並んでいる。居間だろう。滝沢たちの位置からは十メートル以上離れている。明かりは点いていない。建物との距離を保ちながら、林の中を回り込んだ。道場と反対側になる面に玄関があった。引き戸の上に小さな電灯が点いている。玄関から数メートル離れた奥にワゴン車が駐まっている。その先に車で出入りできる道があるのだろう。

　さらに進み庫裏の裏に回った。こちら側は緩やかな斜面で、林が建物から三メートルほどに迫っている。

　壁には、一定の間隔で木枠のガラス窓が四つ並んでいる。手前の三つの部屋は明かりが点いている。

一番左の玄関に近い部屋は他に比べて照明がかなり明るい。壁際のデスクに向かって白衣の男が座っている。医者だろうか。カーテンが半分以上閉まっているのでそれ以外は見ることができない。

隣の部屋には道着姿の男が一人、さらにその隣の部屋には二人の姿が見える。いずれも床に直接座って机の上に置いた本を読んでいる。

滝沢はスネークの肩を叩き、左端の部屋の中が見える位置まで斜面を移動した。

立ち止まり部屋に目を向けた。

冴香だ。壁際のベッドに横たわっている。いつものライダースジャケットではなく、白衣を着せられている。ベッドの脇の点滴台から冴香の腕にチューブが延びている。眠っているのか目を瞑ったままだ。

今すぐ飛び込んで冴香を救い出したい気持ちを抑え、もう一度、部屋の様子を見た。医務室のようだ。稽古でけがをした道場生の手当てをするためのものだろう。

医務室の入り口の扉は開けたままだ。部屋を守るように道着姿の男が背中を向けて廊下に立っている。

白衣の男が椅子を回して冴香に身体を向け、何か話しかけている。反応はない。

スネークの腕を軽く叩き、ジミーたちの元に戻った。

滝沢は中の様子をジミーと翔太に説明した。

「廊下にいるのが一人なのかは確認できなかった」

「冴香ねえさんの様子はどうだった。まさか……」

「白衣の男が声をかけていた。点滴もしているから命に関わる状態ではないはずだ。ただ連れ出せたとしても、自力で走ることができるかはわからない」

滝沢の言葉に翔太が下を向いた。

「サヤカさんは無事だったのですね」

ジミーが珍しく念を押してきた。すでに最悪の状態になっていることも想定していたのだろう。

「私たちは道場の正面に回って、林の中から連中を狙撃します」

滝沢はジミーの大胆なやり方に驚いた。

「銃を向けて近づいたからといって、おとなしくサヤカさんを渡す連中とは思えません。逆に人質として使われたら手が出せなくなります」

それにしてもだ。

「あの手の組織です。襲撃される覚えのある相手くらいいるでしょう。誰が襲ってきたかわからない方がいい。こちらの顔を見られたら、彼女の周囲のガードが厳しくなる」

大胆だが作戦としては頷けた。

「銃声を聞けば、庫裏の中の何人かは道場に向かうでしょう。あなたたちは、その段階で庫裏に入りサヤカさんを連れ出す」

「銃声が下の住宅地の辺りに届かないか」

「サプレッサーを使います」

銃に装着する消音装置のことだ。

「銃声が消えるわけではありません。かなり大きな音はします。下には届かないという程度ですから、この辺りならはっきり銃声と認識できます」

「わかった。冴香を連れ出すことに成功した時の合図はどうする」

それがジミーたちの撤収のタイミングになる。

「合図は難しい。私たちは、できるだけ時間を稼ぎ、状況を見て撤収します。サヤカさんを救出したら、私たちを待たずに車まで走り、ここを離れる。いいですね」

彼らしい合理的な考え方だ。黙って頷いた。

ジミーはスネークの肩を叩き暗い林の中に消えていった。

二人がいなくなると、周囲の闇がいっそう濃くなったように感じる。

翔太の荒い息遣いだけが聞こえる。

「落ち着け」

翔太の肩に手を置いて声をかけた。

翔太が大きく息を吐いた。

「大丈夫。危機対応の基礎はわかってるつもりだよ」

暗闇の中で翔太が言った。

滝沢は黙って頷いた。だが頭で考える危機対応とは種類が違う。中にいる連中は、すでに大勢の人間の命を奪う爆弾テロを起こした集団の一員なのだ。

「ジミーたちの行動がどう展開するかわからない。だが早い段階でこちらが銃を使うと、道場の方から何人かが駆けつけてくるおそれがある。それは避けたい」

「銃は最後の手段にしておく。構えただけで相手の動きを抑えることはできる」

「だからといって必要な時に撃つのを躊躇うなよ」

「わかった。冴香ねえさんを救い出すためなら躊躇いはしない」

「自分の命もだ」

翔太は答えない。

滝沢の胸の中に小さな不安が湧き上がった。現役時代に射撃の訓練をしたといっても、標的に向かって引き金を引くだけだ。生身の人間に向かって引き金を引く恐怖は八王子で経験している。あの時は相手も銃を持っていた。撃たなければ撃たれていた。果たして素手の道場生を相手に銃を撃つことができるのか。滝沢にも自信はなかった。

## 14

道場が近づいてくる。

かなり古いが、大きいだけでなく威圧感がある。子供の頃から寺にはそんな印象を持っていた。

スネークは本堂に目を向けたまま、ジャンパーの上からホルダーに収めたベレッタ92FSにそっと手を当てた。道場にいる連中は、おそらく銃は持っていないだろう。素手の相手を撃ち殺したくはない。だがテロリストを相手にそんなことは言っていられない。いくらここが日本だといってもだ。結果的に殺してしまってもジミーは何も言わないはずだ。銃の使用を許可するというのは、そういうことだ。

道場の中が見える位置で立ち止まった。庭に置かれた二基の篝火が微かに揺れている。中はろうそくの明かりだけで、四人が二人ずつ組手をしている。かなり激しい実践的な組手だ。道場の中の暗さも理由があってのことなのだろう。

暗闇の中でベレッタにサプレッサーを装着した。長さは二十センチほどだ。その分、銃身が長くなるが命中精度に問題はない。米軍でも室内での戦闘を中心にサプレッサーの使用頻度が高くなっている。訓練は十分に積んでいる。

組手が終わったようだ。四人がこちらに背中を向けて正座をして礼をした。

ジミーが片膝立ちになり両手でベレッタを構えた。道場までは二十メートルほどだ。篝火のおかげで、道場の入り口の辺りはよく見える。

道着姿の男たちが道場を出てきた。

先頭の男が敷居をまたごうとした時、ジミーが引き金を引いた。銃声と同時に背後の林の中から数羽の鳥が羽音を立てて飛び立った。

先頭の男が右足を後ろに払われたようにして倒れた。一瞬、身体の動きを止めた三人が倒れた男を両側から抱えて道場の中に引きずり込んだ。

道場の奥にはろうそくが灯っている。その向こうに額に入った男の写真と日本刀が飾ってある。

スネークは写真に狙いをつけて引き金を引いた。ガラスが飛び散り写真の入った額が床に落ちた。組織のリーダーの写真だろう。これで奴らは頭に血を上らせる。

庫裏の方から足音がした。道着姿の男たちが渡り廊下を走ってきた。部屋にいた三人だ。渡り廊下を走り抜け回廊に上がる階段の手前で足を止めた。道場の外壁の陰に身を隠して辺りの様子をうかがっている。

先頭の男が頭をのぞかせた。スネークは男に銃口を向けたが引き金は引かなかった。この三人に庫裏に戻られたら元も子もない。

「戻るんだ」

道場の中から落ち着いた声がした。

「持ち場に戻って警戒しろ」

声の主は相良だろう。的確な判断と指示だ。

スネークは、渡り廊下を戻ろうと走り出した先頭の男に向かって引き金を引いた。続けて二発目も。二人が肩や足を押さえて倒れ込んだ。これで二人の戦闘能力を奪うことができた。最後の一人は建物の陰にとどまっている。

道場の中で相良たちが動く気配はない。今は道場に足止めするのが仕事だ。これでいい。

幸い月は雲に隠れている。道場から林の中は見えないはずだ。スネークは林の闇の中でじっと道場に目を向けた。

篝火が大きく揺れた。風が出てきたようだ。

15

道場の方から銃声が聞こえた。

わずかの間を置いて、三人が部屋を飛び出していった。

滝沢は、しばらくそのままじっとしていた。後に続く様子がないのを確かめて翔太の肩に手を置いた。

「行くぞ」

シグ・ザウエルを手にし、身体をかがめて建物に近づいた。

翔太が身体を低くして建物沿いに離れていくのを確認し、玄関の前に立った。ほんのわずか呼吸を整え引き戸を開いた。

廊下に立っている道着姿の男が素早く身体を向けてきた。この男は、銃声がしても持ち場を離れなかったのだ。

男が動く前に銃を向け、そのまま廊下に上がり、ゆっくり近づいていった。冴香がいる部屋はドアが開いている。漏れてくる明かりで男の姿ははっきり見ることができた。まだ若い。二十代の前半くらいだろう。

男の後ろに続く廊下には明かりが点いておらず、他の部屋から漏れる明かりが、廊下の半分ほどを微かに浮かび上がらせている。男の他に人影は見えない。

「動いたら撃つ」

男の身体が微かに前傾するのと同時に声をかけた。動きが止まった。男はいったん目を瞑り大きく深呼吸した。

男が目を開けた。同時に滝沢に向かって跳びかかってきた。思いもしない動きだった。後ろに跳んで拳を躱すのが精一杯だった。男がいったん跳び退き二メートルほどの距離で構えを取った。男は銃の存在などまったく意に介していない。銃を持ち上げ、銃口を男の顔に向けた。

男が何の躊躇《ちゅうちょ》も見せず飛びかかってきた。後ろに跳んで拳を避けた。この男は撃たれることを考えに入れず襲いかかってくる。撃てないと思っているのか、それとも撃たれるという恐怖を感じないのか。どちらにしても、まだ銃声を響かせたくない。男の動きを警戒しながらシグをズボンに挿し込んだ。

ゆっくりと玄関の方に後ずさった。男の後ろに微かに黒い影が見えた。翔太だ。道場につながる渡り廊下の端から庫裏に入り、男の後ろに迫っている。滝沢が部屋の前の男の相手をし、その間に翔太が冴香を救い出す。そういう手はずにしていた。

男が間合いを詰めてきた。同じ間隔を保ちながら下がった。翔太がゆっくり近づいてくる。

翔太が部屋の入り口にたどり着いた。

滝沢は、一歩踏み込みすぐに後ろに跳んだ。フェイントにのった男が飛び出してきた。

「なにごとだ」

白衣の男が部屋から出てきて翔太と鉢合わせした。

シグを握ったままの翔太のパンチが白衣の男の顎を打ち抜いた。白衣の男は後ろ向きに部屋の中に倒れた。

翔太も腹を据え落ち着いている。

男が部屋の入り口に顔を向けた。一瞬の隙を逃さずに跳び出し前蹴りを放った。男の腹にしっかり当たった。男の動きが止まった。そのまま懐に入るようにして右のフックを頬に叩き込んだ。すかさず顔面に左のストレート。男が背中を丸め両腕を上げてガードした。蹴りもパンチも十分な手応えがあったが、ダメージはそれほど与えていない。硬いゴムを叩いたような感覚だった。

ガードしている手がそのままパンチになって伸びてきた。右に回って躱した。男は明らかに部屋を気にして焦っている。

翔太が冴香に肩を貸しながら部屋の入り口に姿を現した。右手でシグを構えている。

男が大きく踏み込んで前蹴りを放ってきた。左に跳んでかろうじて躱したが、バランスを崩して膝をついた。

男が身体をひるがえして翔太に向かった。

翔太が右手に持ったシグを男に向けた。

男は銃口に躊躇うことなく踏み出した。男が翔太に飛びかかろうとした時、道場の方から再び銃声が響いた。二発。男が一瞬動きを止めて道場の方に目を向けた。

その隙を逃さなかった。滝沢は、シグを手にして男の背中に飛びかかり銃把を後頭部に叩き込んだ。

男が背中を向けたまま膝をついた。滝沢は腰の回転を利かせて男のこめかみに右膝をくらわせた。男の首が横を向き、そのままうつ伏せに倒れた。

部屋の中を見た。翔太が冴香に肩を貸して立ちすくんでいた。翔太の向こうには白衣の男が倒れている。

滝沢は大きく息を吐き一歩踏み出した。その瞬間、身体中の毛が逆立つような不気味な気配を感じた。

足を止め廊下の暗闇に目を向けた。闇に目が慣れてきているが、それでもはっきりと識別できない暗さだ。三メートルほど先の闇が揺れた。滝沢にはそう見えた。

胸が波打つような不穏な空気に身体を包まれながら、必死に目を凝らした。

動いたのは闇ではなく人影だった。黒い道着を着た男が立っている。明かりの消えた居間から出てきたのか。

黒い影がゆっくりと近づいてきた。闇そのものがのしかかってくるような不気味な威圧感に押しつぶされそうになり、思わず半歩後ずさった。

黒い影が跳んだ。身体を廊下に投げ出した。肩の横を鋭い風が過ぎていった。片膝立ちになりシグを構えた。男の姿は暗闇の中に消えている。こちらの姿は部屋の明かりに晒されている。

部屋に転がり込み入り口に銃を向けた。

「滝さん」

翔太が呆然とした様子で顔を向けてきた。

「撃つつもりだった。でも身体が竦《すく》んで撃てなかった。あの男は銃を構えているのもかまわず、突っ込んできた。何が起きているのかわからなくなった。僕は……」

「次は躊躇わず撃つんだ。廊下にもう一人いる。立っていた男とはレベルが違う」

「黒い道着の男ね」

冴香が弱々しい声で言った。

「そいつの腕は他の連中とは比べ物にならない」

「わかった。次に姿が見えたら撃つ。翔太はそこの白衣の男の手足を縛るんだ。それが済んだら冴香と離れるな。状況を把握して暗闇に紛れて逃げろ」

滝沢が言い終わるのと同時に部屋の明かりが消えた。庫裏全体が闇に包まれた。

滝沢は暗闇の中で入り口に銃を向け続けた。気配を感じたら躊躇わず引き金を引く。自分に言い聞かせて神経を入り口に集中した。

闇が重く身体にのしかかってくる。シグを握る手に汗がにじんできた。

16

風に吹かれた篝火の揺れが大きくなった。道場は静まり返ったままだ。

道場の中から何かが飛んできた。二つの篝火が立て続けに倒れた。火がついた薪が地面に散らばった。まだ燃えているが道場の入り口の辺りまで明かりは届かなくなった。道場の中のろうそくの火も消えている。

道場から人が飛び出してきた。三人が続けざまに回廊から闇に向かって跳躍した。

スネークは素早く狙いをつけて引き金を引いた。ジミーの銃からも銃声が響いた。

一人が地面に落ちた。先に出た二人は地面に着地すると素早く左の林に飛び込んだ。

さらに銃声が起きた。ジミーだ。銃口が向いている先に目を移した。渡り廊下の前に道着姿の男が倒れている。そちらに残っている男にまで気が回らなかった。

スネークは男たちが飛び込んだ方の闇に神経を集中した。

発砲したことで、こちらのおおまかな位置は摑まれているはずだ。移動した方がいい。スネークはそう考えてジミーに目を向けた。ジミーは動こうとしない。動き回るのは避けた方がいいと判断したのだろう。どこに罠があるかわからない。動けば相手に身体を晒すことにもなりかねない。判断材料はいろいろあるが、ここではジミーの判断が絶対だ。

風が強くなってきた。しばらくすると雲の隙間から月の明かりが漏れてきた。雲が流れている。周囲の闇が少しずつ薄まっていく。

スネークはちらりと空に目を向けた。満月に近い月が姿を見せているがまだ薄雲がかかっている。林の中は木の陰になり月明かりは完全に差し込んではいない。それでも何かが動けば認識できるほどになった。

膠着《こうちゃく》状態が続いていいのだ。動かなければいけないのは相手の方だ。じっとそれを待てばいい。動いたら撃つ。それも確実に当たる状況になってからだ。その間に滝沢たちがサヤカを連れ出す。

風が少し強くなってきた。背後から吹いてくる。奴らが飛び込んだ位置が風下になる。気配を感じるのが難しくなった。

ジミーはスネークと背中を合わせる位置で腰を落として銃を構えている。

ゆっくりと時間が過ぎていく。まったく音がしない。男たちの気配も感じられない。道場の中の相良も気になる。有利だと思っていたが、じわじわと包囲を狭められているような緊迫感が胸を締めつける。

微かに何かが動く気配がした。気配だけだ。まだ近くはない。だが確実に近づいてきている。スネークの張り詰めた神経にはっきりと伝わってくる。ジミーも感じているはずだ。だからこそ動かない。相手の位置を摑むことで絶対的に有利な状況になる。それは相手にとっても同じことだ。

斜め左で何かが木に当たる小さな音がした。瞬間的に反応しそうになるのを耐えた。トラップだ。あれだけの腕を持つ男たちがここで音を立てるわけがない。こちらが動くのを待っている。

次が勝負だ。こちらが動かないのを確認したら、次はトラップと見せかけて動く可能性がある。

動いた。今度は人間だ。気配の方に銃を向けた。薄い月明かりの中に一瞬人影が見えた。距離は十メートルほどだ。まだ引き金は引かない。撃つときは確実に命中させる。人影は木の後ろに回った。発砲音がした付近を取り囲む——そんな位置取りだ。

真っ暗な道場の中で一部が明るくなるのを、目の端で捉えた。何かが起きているが確認はできない。

道場の中から明かりが飛んできた。少し先の木の幹に当たり地面に落ちた。

同時にジミーが林の奥に飛び込んだ。すぐ後に続いた。

飛んできたのは火のついた薪だ。地面に落ち、いったん小さくなった炎が大きくなった。スネークたちがいた辺りまで明かりが届いている。

今いる場所まで明かりは届かないが、動いたことで位置と人数を把握されたと思った方がいい。すぐ後ろは来るときに通った獣道だ。

薄明かりの中で人の動く気配がした。すかさず銃口を向けた。獣道の先に道着の男が立っている。まったく無防備にスネークたちに身体を晒している。距離は十メートルほどだ。何を考えているのかわからない。こいつは囮《おとり》か。

男がゆっくりと歩き始めた。相良の隣に立っていたかなり大柄な男だ。雲が流れ再び月を隠した。男の姿は黒い輪郭だけになった。

「止まれ。こちらが本気だということはわかっているはずだ」

相手はテロリスト。そう思いながらも素手で近づいてくる相手に向かってすぐ引き金を引くには躊躇いがあった。

男の歩みが早くなった。真っ直ぐに迫ってくる。

もう躊躇うことはできない。囮だとしても、もう一人はジミーに任せる。両手で構えた銃で男を撃った。狙ったのは右足だ。はずす距離ではない。男の右の太腿に命中した。

直後、スネークは目を見張った。男は倒れもせず、暗闇の中をそのまま進んでくる。何が起きているのかわからない。なぜ。目を凝らした。足は動いていない。スネークは信じられないものを見た。男の後ろにもう一人いる。撃たれた男の身体を盾にして迫ってきているのだ。盾になっている男が両腕を広げた。この男を撃っても意味はない。クレイジー。スネークの胸に初めて恐怖が湧き上がった。

ジミーが左に跳んだ。後ろの男が見える位置に回り込み銃を構えた。男が盾にしていた男をジミーに向けて放り出した。

スネークは身体を晒した男に向かって引き金を引いた。外した。同時に男がこちらに向かって跳んだ。想像を超える跳躍力だ。再び銃を向ける間もなく右に身体を投げ出した。左の肩に男の蹴りが入った。強烈な蹴りだ。そのまま林の中を転がり右手だけで銃を構えた。左腕は上げられなかった。男の姿を見失った。焦って左右に視線を走らせた。

銃声が響いた。ジミーがこちらに銃口を向けている。振り返った。男が肩を押さえて膝をついている。わずか一メートルほどの位置だ。いつの間に回り込んだのだ。ジミーが気づいて撃たなければ殺されていた。

男に銃口を向けたまま数歩離れた。男が立ち上がる気配はない。ジミーに目を向けた。足元に盾になった男が倒れている。

「ゾンビを相手にしている気分だった」

ジミーが言った。

スネークは、倒れている男に目を向けた。こういう事態を想定した訓練をしていたとしか思えない。こんな連中が何人もいたら命がいくつあっても足りはしない。こいつらがスサノウと呼ばれている集団のメンバーで、爆弾テロの主犯なのか。ならば日本が抱えている危機は想像以上だ。

「相良だ」

ジミーの言葉に顔を上げた。

道場の回廊に相良が立って、こちらを見ている。表情がないように見えるが、その奥にある怒りが月の明かりに浮かび上がっている。

スネークは銃を握る右手に力を入れた。

## 17

黒い道着の男の気配が消えた。

滝沢は、部屋の入り口に銃口を向けたままじっとしていた。こめかみから顎に汗が流れ落ちてきた。

「終わった」

翔太が後ろから小さく声をかけてきた。白衣の男を縛り上げたということだ。

「冴香から離れるなよ」

滝沢も小声で応えた。

背後で激しい音がした。

振り向くのと同時に何者かが窓ガラスを破って部屋の中に飛び込んできた。

黒道着の男か。銃を向けた。違う。道着は白い。素早く部屋の入り口に身体を向け直した。背後で銃声がした。翔太か。確かめる間もなく黒い塊が部屋に走り込んできた。引き金を引いた。轟音と同時に黒い塊が左に跳んだ。黒道着の男だ。銃口で追う。消えた。そう思った時、左の脛《すね》に衝撃を受けて前のめりに倒れた。男がスライディングをするように蹴りを入れてきたのだ。男が立ち上がりざま顎に向かって蹴りを飛ばしてきた。咄嗟に両腕でガードしたが、激しい衝撃が頭を揺らした。銃が手から離れて床に落ちた。

黒道着の男は部屋の奥に向かって跳躍した。いったんベッドに着地するとそのまま翔太たちに向かって跳んだ。翔太が引き金を引いた。轟音と同時に翔太と冴香がもつれるように倒れた。黒道着の男はベッドの脇で膝をついている。

床に落ちた銃を拾い上げ男に向けた。男が身体を回転させてベッドに上がり窓ガラスを突き破って外に飛び出た。

いつの間にか月が顔を出していた。窓からの月明かりが翔太と冴香の姿を浮かび上がらせている。隣には白い道着の男が肩の辺りから血を流して倒れている。滝沢が廊下で倒した男だ。すぐに息を吹き返し、窓を破って中に飛び込み注意を引く役を担ったのだろう。姿を見た翔太が躊躇わず引き金を引いたということだ。

「大丈夫か」

駆け寄り冴香を抱え起こした。

「翔太が」

冴香の言葉で翔太に顔を向けた。左の胸の辺りを押さえて顔を歪めている。

「動けるか。銃声を聞いて道場から人が来るかもしれない。すぐにここを離れるぞ」

「大丈夫」

翔太が顔を向けてきた。歯を食いしばっている。黒道着の男の蹴りが入るのと発砲が同時だったのだろう。かなりのダメージを受けている。それでもぐずぐずしてはいられない。まずは林の闇に紛れることだ。

「私は一人で歩ける。翔太をお願い」

冴香が言った。さっきより声に力がこもっている。

「僕も大丈夫だ。心配いらない」

翔太が銃を拾って立ち上がった。

「うっ」

翔太が声を上げて膝をついた。

「倒れた時に足首を捻ったみたいだ」

「歩けるか」

「大丈夫。滝さん、急ごう」

翔太の脇に腕を差し込み立ち上がらせた。何とか歩くことはできそうだが、胸と足の両方にかなりの痛みがあるのは隠せていない。

それでも行くしかない。視界の端に引っかかったベッドに目をやった。黒いしみが広がっている。黒道着の男の血だ。かなりの量だ。

「行くぞ」

滝沢は、部屋の入り口から素早く顔を出して左右を見た。暗い廊下に人の動きはない。二人に手で合図をして部屋を出た。玄関の周囲にも人の気配はない。

二人を促して外に出ると、真っ直ぐ林の中に入った。来た時に比べると月明かりのせいで漆黒の闇とは言えない。少し離れた所からでも人の動きは見えてしまう。それでも動くしかなかった。滝沢が先頭に立ち、周囲を警戒しながらゆっくり進んだ。

しばらくすると、翔太が小さな声をもらした。振り返ると翔太が地面に膝をつき冴香がその肩を抱いている。

「大丈夫か」

滝沢もかがみ込み翔太の顔を覗き込んだ。胸よりも足がひどそうだ。

「滝さん、僕たちの目的は冴香ねえさんを救出することだ。僕はここにいる。奴らが来たらこれで追い返すよ」

翔太が銃を手にして言った。

「馬鹿なことを言うな。ジミーが言っただろ。冴香を救出して全員が無事に帰る。これがミッションだ」

「ちょっと待って。ジミーがいるの?」

「道場の方にジミーとスネークがいる」

「どうして。向こうの銃声は沼田さんだと思ってた」

「詳しい話は後でする。今はここを離れることだけを考えろ」

滝沢の言葉には応えず冴香は道場のある方に目を向けた。林に遮られて見えるはずはなかった。冴香が翔太に目を向けた。

「翔太、どんな状況になったとしても、あんたを置いて私がここを離れることはない」

「わかったよ。冴香ねえさん、少し元気になったみたいだね。僕も大丈夫だ」

翔太が微笑んだ。それでも少し休んだ方が良さそうだ。冴香も身体が万全ではないのだ。冴香がバイクを駐めた道に出るまでもう少しのはずだ。

「ここで少しだけ様子を見よう。他の道場生が我々を捜している可能性もある」

滝沢の言葉に冴香が素直に頷いた。やはり山道を歩くのはきついのだろう。

「ベッドに血がついていた。黒い道着の男に弾は当たっているんだな」

「どこかはわからないけど、正面から撃った」

翔太が答えた。

ベッドに残っていた出血の量を考えれば、ほぼ戦闘能力は失ったと考えていい。

「あいつは私に向かって跳び蹴りを放ってきた。翔太が前に回ってかばってくれなかったら、私は首の骨を折られていた」

冴香が静かに言った。

「どういうことだ」

「逃げられるくらいなら殺す。そういう方針は周知されていたはず。秀和が救出に来た時を想定していたのだと思う」

スサノウの一員として使えなければ、存在を消した方がいいということか。

「廊下にいた男は銃を構えても、かまわずに突っ込んできた」

「ここにいるのは、そんな連中よ」

冴香が吐き出すように言った。

「道場には何人いるかわかるか」

滝沢が訊くと、冴香は少し考えてから顔を向けてきた。

「相良の他に道場生が八人、それに黒い道着の男。合わせて十人。それだけだと思う。医者は武術とは縁がない男よ」

道場にいた四人と庫裏から道場に向かった三人はジミーたちが足止めしているはずだ。それでも何が起きるかわからない。滝沢は、周囲の闇に目を向け続けた。

## 18

倒れた篝火の薪は、まだ地面で小さな炎を上げている。その向こうの回廊に相良が立っている。薄雲が風で流され、月明かりが相良の姿をはっきりと浮かび上がらせている。

スネークは、右手に握った銃を相良に向けた。右の肱《ひじ》を脇腹にぴったりとくっつけ、腰だめの体勢をとった。左腕を添えるのはやめた。動かしても問題なさそうだが、衝撃で激しい痛みが出ると二発目が撃てなくなる恐れがある。

「いきなり銃撃を受けた段階で、あなたたちではないかと思っていました。庫裏の方にも仲間がいるのでしょうね」

相良が落ち着いた声で言った。

「早く、こいつらの治療をしないと命に関わるぞ」

スネークは銃を構えたまま言った。

「彼女があなたたちにとって、これほど重要な存在だとは思いもしませんでした」

倒れている男たちを気にする様子はない。

「誰もこちらに来ないところをみると、あなた方の作戦は成功したようですね」

相良が庫裏の方に目を向けて言った。

「お引き取り願えますか。それとも」

相良がジミーに視線を戻した。同時に身体から陽炎《かげろう》が立つように殺気が膨れ上がった。腹の奥を掴まれたような不気味さを感じ、スネークは銃を握る手に力を入れた。

十メートル以上離れて銃を構えても勝てる気がしない。そんな男だ。

「お望みなら、お相手しましょうか」

相良が半歩前に出た。相良はジミーを見つめている。

周囲の空気が重たく身体にまとわりついてくる。

「私たちの目的は、彼女を連れて帰ることだ」

ジミーが銃を持った手をおろした。

相良の殺気が少しずつ消えていく。それでもジミーを見る目の奥には冷たい怒りが渦巻いている。

ジミーが相良に背中を向けて歩き出した。スネークは背中を合わせるようにして相良から目を離さずに後ずさった。周囲への警戒は怠れない。やがて林の立ち木の陰に相良の姿が消えた。小さく息を吐いた。戦場で感じる緊張とは違う、不気味な雰囲気だった。

「庫裏に行かなくてもいいですか」

ジミーに並びながら訊いた。

「相良が言った通りだ。庫裏から誰もこなかった。滝沢たちが道場生を倒して連れ出したのだろう。あの男は頼りにして大丈夫だ」

ジミーはそれだけ言うと、歩く速度を増した。

# 19

人の動く気配がした。道場生が捜しに来たのか。ジミーたちの状況がわからないので判断のしようがない。冴香と翔太の状態を考えると下手に動くのは避けた方がよさそうだ。

気配の方にシグを向け、じっと息をひそめた。

薄い月明かりに二人の姿が浮かび上がった。全身の力を抜いてシグをおろした。

「ジミー」

小声で呼びかけた。下手に近づいて撃たれてはたまらない。

二人の影が止まった。

「滝沢か」

スネークの声だ。

「サヤカは」

「無事だ。ここにいる」

滝沢の言葉にスネークが大きく息を吐いた。

二人が近づいてきて、三人の脇に立った。

「ジミー、スネーク、ごめんなさい。私……」

冴香が消え入りそうな声で言い、下を向いた。白衣の上に黒いジャンパーを着ている。いつの間にか翔太が脱いで着せたようだ。

「サヤカ、詳しい話は後でしょう。今はここを離れることだ」

ジミーが冴香の肩に手を置いて静かな声をかけた。

「相良たちはどうなりました」

「相良以外は倒しました。白衣を着ていた医者の腕がしっかりしていれば、命は落とさずに済むと思います」

ジミーがこともなげに言った。

「相良は道場に一人残っていますが、今はこれ以上戦う気はないと判断しました」

「こちらも冴香を連れ出したが、二人とも走れる状態じゃない」

滝沢は、翔太に肩を貸して立ち上がらせた。ゆっくりなら一人で歩けそうだ。冴香はジミーに身体を預けて歩き始めた。

スネークを先頭に林の中を歩いた。やがて麓《ふもと》から上がってくる細い道に出た。周囲を警戒しながら道を下った。

「相良たちは、またサヤカを拉致しようとするでしょうね」

ジミーが周りに目を配りながら言った。

「最後に襲ってきた黒い道着の男は、明らかに冴香を狙って攻撃を仕掛けてきました。逃げられるくらいなら殺してしまう。そういう方針が周知されていたのだろうと冴香は言っています。次は拉致ではなく、いきなり襲いかかるということです」

滝沢の言葉にジミーは黙って頷いた。

しばらく歩くと道の脇の茂みに、赤いバイクが見えた。

スネークが足を速めてバイクに近づいた。

「どうする」

バイクの脇で立ち止まり、リアタイヤのフェンダーの裏からキーを取り出した。

「私が乗って行く」

冴香が言って前に出たがジミーに腕を摑まれ足を止めた。

「僕が」

翔太が右足を引きずりながら前に出た。翔太は滝沢が止めた。

「二人とも気持ちはわかるがここは俺に任せろ」

スネークが滝沢に顔を向けて言ってドゥカティにまたがった。

冴香も翔太も黙ってそれを見ている。今はバイクの運転ができないのは本人たちが一番よくわかっている。

スネークがキーを挿した。

突然、ジミーが滝沢の肩を押しのけて叫んだ。

「Stop it!」

声と同時に激しい爆発音と爆風が襲いかかってきた。

滝沢は咄嗟に両腕を上げて頭をかばったが爆風で数歩後ずさった。両腕をおろし辺りを見回した。バイクと一緒にスネークが倒れている。エンジンの辺りが激しく壊れている。

ジミーが駆け寄った。

冴香と翔太は滝沢の隣で腰を落としている。二人とも目を見開いて呆然としている。

滝沢はバイクの脇に走り寄ると、ジミーと二人でバイクの下からスネークを引きずり出した。

スネークは顔を歪めてうめき声を上げている。

ジミーがジャンパーの内側から細い紐を出して、スネークの右膝の上をきつく縛った。

「何があったんだ」

滝沢は、ジミーに手を貸しながら言った。

「エンジンをかけると同時に爆発する仕掛けだ。あなたから黒道着の男がサヤカを殺そうとしたと聞いたのを思い出した。気づくのが遅かった。私のミスだ」

ジミーは悔しそうに言いながら応急処置を続けた。

爆発物は冴香が逃走した時を想定して事前に仕掛けておいたということか。冴香が乗っていたら、もっと悲惨なことになっていたのだろう。

「街中に近いので、大きな爆発は避けたのでしょう。この男の身体が頑丈だったのも救いだった」

「スネーク、ごめんなさい」

冴香が這うようにして近づき、スネークの頰に両手を当てた。

「大丈夫、俺は不死身だ」

スネークは無理に作った笑顔を冴香に向けたが、すぐに顔を歪めた。

「彼は私が背負っていきます」

ジミーがスネークの背中に手を当てて上体を起こさせた。

スネークが低いうめき声を上げた。

「俺たちと一緒だと時間がかかりすぎる。俺と二人で担いで車に行こう」

「ありがとう。だがここに戦闘員がいなくなる。私が担いで走ります。ここでいったん別れましょう。明日、来栖さんに連絡を入れます」

翔太と冴香を残すのは確かに不安だ。ジミーの提案に乗った方が良さそうだ。

「わかった。そうさせてもらう。だがその身体で横須賀まで連れ帰るのか」

「諏訪市に私たちと協力関係にある病院があります」

ジミーがスネークを背負いながら言った。諏訪市はすぐ隣だ。ボールドイーグルは思った以上に日本国内に羽根を広げているようだ。

「車に乗る前に、エンジンルームを確認して、見慣れないコードがないか必ず確認してください」

ジミーがスネークを背負いながら言った。

「車は爆発物を仕掛ける時間も要員もなかったはずだし、街中にも近すぎる。それでも警戒は必要です」

ジミーが言葉を切り、冴香に顔を向けた。

「サヤカ、きみはもう戦いの場から逃れることはできない。覚悟はできているな」

今までに見たことのない厳しい目だ。

「わかっているわ」

冴香が答えると、ジミーはわずかの間、冴香を見つめ頷いた。

ジミーがスネークを背負って走り出した。思った以上に身軽な動きだ。あっと言う間に大きな身体が山道の向こうに消えた。

滝沢は、翔太と冴香を促して歩き始めた。二人とも爆発の影響はなさそうだ。シグを右手に握り、周囲を警戒しながら、ゆっくり山道を下った。

20

長い一日が終わった。

滝沢は、事務所のソファーに腰を下ろした。午前零時を少し回っている。

「どうぞ」

来栖がコーヒーの入ったカップを滝沢と翔太の前に置いた。

「ありがとうございます」

カップを口に運ぶと、いつもの甘い香りが鼻をくすぐった。その香りを感じた時、ようやく無事に帰ってこられたという実感が湧いてきた。

隣に座っている翔太はカップに手を伸ばそうとはしない。下を向いたままだ。初めてと言っていい命のやり取りだった。今は何を言っても無駄だろう。

岡谷からの帰り道、来栖の指示に従って冴香と翔太を指定された病院に連れていった。翔太は足の捻挫と胸の打撲だけだったので、治療を受けて一緒に事務所に帰ってきた。

冴香は身体が衰弱しているだけでなく、何らかの薬物を投与された疑いがあるということだった。しばらく入院して詳しい検査を受けながら、体力の回復に努めることになった。

「それにしても、いきなり発砲ですか」

来栖が小さく首を振りながら言った。

「相良は、冴香が仲間に入るのを拒み続けたら殺すつもりだった。ジミーは正確にそれを把握していたということでしょうね。危機意識については彼らに及ばなかった」

滝沢は、コーヒーをひと口飲んで答えた。道場での様子は話してある。バイクの件もだ。

「冴香の父親は、精神的な支柱だっただけでなく、死亡してからは、ある意味神格化されているようです。ですから彼女が新しい道場主になれば、これほど力強い存在はないということでしょう」

「逆にその人物の娘が敵対する立場にいることは許せないということか」

沼田が深刻な表情で続けた。

「薬物というのは？」

「具体的な薬の種類はわかりませんが、強い不安や強迫観念を引き起こす種類の薬ではないかということでした。誰かに救いを求めたくなる心理状態にしたうえで、組織の理念や目的を美化して繰り返し聞かせる。いわゆる洗脳に使える薬だろうと思います」

「銃を向けても突っ込んでくる。そいつらも洗脳された集団なんだろうな」

「薬物ではなく、長い時間をかけての洗脳なのでしょうね」

「スサノウは、以前私に接触してきて、仲間になるように告げました。今思えば、冴香さんの存在も大きかったのでしょう」

来栖が滝沢に厳しい表情を向けてきた。

「今後は冴香さんだけでなく、我々も直接狙われると考えた方がいいですね」

来栖の言う通りだ。相良に顔を見られているのは、ジミーとスネークだけだが、庫裏にいた道場生に話を聞けば、秀和が一緒に動いていたことはすぐにわかる。

「スネークは大丈夫なのか」

沼田が顔を向けてきた。

「右足はかなりの傷でした。ジミーは明日、来栖さんに連絡すると言っていました」

「無事でいてくれるといいがな」

沼田がいったん下を向いてつぶやくように言い、すぐに顔を上げた。

「しばらくは、ここに寝泊まりして、単独行動はしない。それを基本にする」

事務所はマンションの一室を使っているので、暮らすことに不自由はない。

「翔太、シャワーでも浴びて、とにかく休め。今日は部屋を使え」

沼田が翔太に声をかけた。事務所はリビングの他に三部屋ある。来栖と冴香の部屋は決めてある。あとの一部屋は、滝沢と翔太、それに沼田が交代で使うことにしている。残りの二人は、このソファーで寝る。

「そうさせてもらうよ」

翔太は立ち上がり、誰とも目を合わせずに部屋に入った。

「相当まいっているな」

翔太が入った部屋のドアを見ながら沼田が言った。

「下手をすれば殺されていたかもしれない。そんな現場に立った経験は警察官だってありません。生身の人間に向かって銃を撃ったということも、精神的な負担になっているはずです」

滝沢が言うと、沼田は心配そうな顔で頷いた。

「滝沢さん、今夜は私がソファーを使います。奥の部屋で休んでください」

来栖が声をかけてきた。

滝沢は、一瞬、躊躇った。

「明日から、一瞬も気を緩められなくなるんだ。今、何が一番必要か考えろ」

沼田が真剣な表情で言った。

翔太だけではない。滝沢自身もこれまでに感じたことのない疲れが身体中に張りついている。

「遠慮なく、そうさせてもらいます」

来栖に顔を向けて言った。

来栖が満足そうに頷くのを見て、滝沢は軽く頭を下げた。

残ったコーヒーを喉に流し込み、立ち上がった。

来栖のスマホが鳴った。この時間なら緊急の内容だろう。部屋に入るのをやめて、電話が終わるのを待った。

「明日の朝でいいのですね。わかりました。連絡をお待ちしています」

来栖は深刻な表情で言って電話を切った。

「何事ですか」

沼田が声をかけた。

「佐々倉氏からです。加世田智明議員の行方がわからなくなっています。誘拐の可能性があるということです」

来栖がスマホを胸のポケットにしまいながら言った。

加世田議員は、テロリストを卑怯者と呼び、過激な表現で非難し続けている。テレビやネットでも積極的に発言し、国民からの人気も高い。

「まだ誘拐と断定したわけではないので、官邸と警察のトップクラスしか知らないそうです。家族や加世田議員に近い関係者には固く口止めしているそうです」

「佐々倉は何と言っているんですか」

「今夜、幹部が集まって対応を協議するそうです。佐々倉氏はそれを待って、必要があれば秀和に何か依頼すると」

今の状況で、加世田議員が自分の意思で姿を隠すことは考えられない。誘拐と考えるのが妥当だろう。目的は何だ。殺害して国民に恐怖を植え付けることか。それとも何かの取引材料にするのか。

「佐々倉から連絡があるのは明日だ。部屋でゆっくり休むんだ」

沼田が声をかけてきた。

確かにこの状況で考えても意味はない。

「わかりました。遠慮なく先に休ませてもらいます」

滝沢は、二人に頭を下げてベッドのある部屋に入った。そのまま服も脱がずにベッドに倒れ込んだ。

明日から何が始まるのか。牙とスサノウが秀和を狙ってくる。Zが動くのか。加世田議員の誘拐についてはどんな形で関わることになるのか。

そこまで考えたところで意識が遠くなってきた。目を閉じ、深い地の底に吸い込まれていくような感覚に身を任せた。


カーテンの隙間から日が差し込んでいる。

滝沢は、薄目をあけて腕時計を見た。午前七時を回ったところだった。身体を起こした。十分に睡眠時間をとれたとは言えないが、熟睡したせいか疲れはないように感じた。

ドアを開けて事務室に使っているリビングに入った。

「おはようございます」

来栖と沼田はすでに起きていて、ソファーで何かを話していた。翔太はまだ寝ているのか、姿は見えない。

「早いな。身体は大丈夫か」

沼田が声をかけてきた。表情に緊張感がある。

「何かありましたか」

そのまま歩み寄り、沼田の隣に腰を下ろした。

「これだ」

テーブルの上に全国紙の朝刊が並んでいる。

『加世田衆院議員　行方不明　誘拐か』

その中の一紙の一面の大見出しが目に飛び込んできた。他社の一面は、テロ事件の続報と政府や警察の対応についてだ。

滝沢は、新聞を手に取り記事を読んだ。

加世田議員が昨日の夜から行方がわからなくなっている。私設秘書の運転する自家用車で議員会館を出たまま自宅に戻らず、連絡が取れない状態が続いている。警察は何者かによる拉致、誘拐のおそれもあるとしている。そういう内容だ。

「加世田氏は衆議院議員、つまり公人です。しかもこの状況下です。新聞社が情報を得て報道に踏み切ったのも、理解できないことではありません。ですが、警察からマスコミに報道協定の申し入れがされていないとはいえ、かなり思い切った判断だと思います」

来栖が新聞に目を向けて続けた。

「警察も政府もテロとの関係を重視するあまり、素早く報道協定の申し入れという判断には至らなかったのでしょう」

誘拐に関しては、一般的に警察が記者クラブに対して誘拐事件が発生したことを明らかにしたうえで、報道協定を申し入れる。事件解決まで報道は控える代わりに、警察が入手した情報は全て伝えるというのが条件だ。各社が納得すれば、そこで協定が成立する。被害者の生命を守るためで、この協定を破る報道機関はない。

今回は報道協定がないとはいえ、犯人から家族や事務所に何か要求があるかもしれない。犯人がテロリストと特定できたわけでもない。通常なら、そこを見極めるまでは報道は控えるという判断もあるはずだ。

「テレビのニュースはどうなっていますか」

滝沢はテレビの画面に目を向けた。朝のニュースの時間だ。

「朝刊各紙の一面を紹介するコーナーのある民放番組では放送していた。あくまでもこの新聞社の記事であり、今のところ警察は正式に発表はしていないという断りは何回か繰り返していた。他の民放やNHKは、見る限りまったく触れていない」

各社とも新聞を見て大騒ぎになっているはずだ。社会部、政治部の記者が走り回っていることだろう。それでもニュースにならないのは、警察や政府、それに加世田の事務所が口をつぐんでいるということだ。仮に情報が取れても、誘拐の可能性があるのなら報道は控えるという判断もあり得る。一社が出したから報道を控えても意味がないとは考えない。もし加世田の身に万が一のことがあったら、報道機関としての責任を問われかねない。

「問題は情報の出どころです。今回の件は、警察のかなり上層部、それに官邸筋にしか知らされていません」

「足取りを追ったり、当時の状況を聴取したりする捜査員はいるはずです」

「誘拐のおそれがある事案です。現場の人間がたとえ親しい記者にであっても耳打ちするとは考えられません。爆破予告の時と同じように、これ以上裏を取る必要がないという立場の人間からの直接のリーク以外に考えられません。さらに言えば、報道に踏み切るには新聞社内でもかなり上の立場の人間の判断が必要でしょう」

来栖が冷静な口調で言った。

「佐々倉は何か言ってきましたか」

けさ電話が入ることになっていたはずだ。

「しばらく待機していてくれということでした。かなり焦っているようでした。警察庁長官と警視総監が官房長官と電話でやり取りを続けているそうです」

沼田がテーブルの上の新聞から顔を上げた。

「おそらく政府は警察から情報が漏れたと言って責めているのでしょう。だが警察にすれば、政治家の方がマスコミと近い関係にある。そちらの誰かが、そう考える」

「警察内の疑心暗鬼が、政府と警察の間にも広がったということですか」

滝沢は沼田の顔を見て言った。それが目的の一つかもしれない。

「おはよう」

隣の部屋のドアが開き、翔太が顔を出した。

「どうだ。少しは疲れがとれたか」

沼田が声をかけた。

「おかげさまで。もう足も大丈夫だと思う」

翔太が滝沢の正面のソファーに腰を下ろし、加世田議員の記事が載っている新聞を手にした。

「こんなことが起きてたんだ。今度は、議員の救出でも依頼されたの」

翔太が来栖に顔を向けた。

「まだ何も依頼はありません」

「仮にあったとしたら受けるのかな」

「どういう意味ですか」

「昨日は冴香ねえさんを助けるという、僕にとって大切な目的があった。でも議員を助けるために命を懸けるのはごめんだな」

翔太が新聞をテーブルに戻し、膝の上で組んだ自分の手に目を落とした。

「平気で人を殺す奴らと戦えるのは、平気で人を殺せる人間だけだよ」

翔太が顔を上げ、三人を見回した。

「それに僕はもう正義の味方の警察官じゃない」

翔太の顔に寂しそうな笑みが浮かんだ。

昨日のショックを拭いきれていないようだ。

「わかりました」

来栖が小さく頷き言った。

「どんな仕事であれ、強制はできません。秀和を去るのも、それぞれの自由です」

「ここを出て行くと決めたわけじゃない。少し考えたいけど、いまさら考えている時間なんてないよね。それもわかってる」

翔太が言って立ち上がった。

「悪いけど、シャワー浴びさせてもらう」

翔太が背中を向けバスルームに向かった。

「精神的にかなりまいっているのでしょうね。翔太さんの言うこともっともです」

来栖がいつになく弱気な口調で言った。

「お二人は、どうお考えなのですか」

来栖が顔を向けてきた。

「私は好きで刑事を辞めたわけじゃありません。この仕事を与えてくれた秀和に感謝してますよ」

「俺は滝と違って自ら警察を辞めた。公安が守るのは国家であって市民ではない。そこに命を懸けることに耐えられなくなったからだ。だがスサノウとの戦いには俺の信じる正義がある。だから命を懸ける価値があると思っている」

沼田が警察を辞めたのは、捜査対象の組織の中に作った協力者が自殺したからだと公安の柳田《やなぎだ》から聞いている。

「いい歳をして青臭いこと言ってしまったな」

沼田が照れたように笑った。

滝沢は黙って微笑み返した。

沼田が来栖に顔を向けた。

「そういうことです。今まで通りいきましょう」

「ありがとうございます。私も同じ気持ちです。まずは佐々倉氏からの連絡を待ちましょう」

いつもの冷静な来栖の顔だ。

## 21

階段で地下に下りた。人形町のオフィスビルが並ぶ一角にある古いビルだ。

Zは店の名前を確認してドアを押した。薄暗いバーだ。四人掛けのテーブルが四脚。その奥に五、六人が座れるカウンターがある。客の姿はない。カウンターの中に二十代後半に見える若いバーテンダーがいるだけだ。

カウンターに歩み寄った。危険を感じる気配はない。それでも初めて足を踏み入れた店だ。警戒を解くことはできない。

「相良と待ち合わせている者だ」

バーテンダーに声をかけた。そう言うように指示されていた。

「こちらへどうぞ」

バーテンダーが軽く頭を下げ、奥の個室に案内した。

部屋の真ん中に六人が座れるテーブルがあるだけだ。

待ち合わせ時間は午後六時。まだ二十分ほどある。バーテンダーが部屋を出るのを待って、壁やテーブルの裏を細かく確認した。不審なものは見当たらなかった。

店の周囲は早くに来て確認してあった。

相良からスマホに連絡があったのは、二時間ほど前だった。二人だけで会いたいと言って、この店を指定された。

椅子には腰を下ろさずドアの脇に立った。

相良と会うのは一年ぶりくらいだ。以前は仕事の指令は相良から受けた。今は統括と呼ばれる組織の上の人間から直接指示される。

初めて相良を見たのは十五年ほど前、岡谷にある道場だった。正確に言えば記憶にあるのは、ということになる。それ以前の記憶は頭の中からきれいに消えている。相良はZが龍矢という名前で十八歳だと言った。両親はすでに亡くなっていると聞かされた。それを信じるしかなかった。相良から聞いた生い立ちだけが自分の歴史だ。

道場から出ることなく古武術の修行を続けさせられた。それが生きることだと思い、疑問も持たなかった。武神私塾の理念と目的を叩き込まれた。言っていることはわかったが、それだけだった。喜び、悲しみ、感動、そんなものは感じたことがない。記憶をなくす前からの性格なのかは、わからなかった。

二年ほどして、稽古の内容が変わった。指導をするのは黒い道着を着た男だった。教わったのは人間の殺し方だった。急所の打ち方、一瞬で首の骨を折る方法。最も念入りに教え込まれたのは、跡形を残さず脳震盪《のうしんとう》で気を失わせる技だった。理由は後でわかった。

初めて人を殺したのは、一年ほどたってからだった。相手は顔を見たことがある道場生だった。組織を裏切ったと聞かされた。

道場の庭に引き出された男と向き合った。自分と同じくらいの若い男だった。恐怖に震え、何度も命乞いをしていた。

道場を仕切っていた相良が、男に向かって、こいつに勝てば見逃してやる。そう言ってZを指さした。

男が立ち上がり、必死の形相で向かってきた。相良からは一撃で始末するように指示されていた。男は道場の中ではそれなりの腕だったが、動きは全て見切れた。難なく懐に入り、こめかみの急所に肱を叩き込んだ。あっけなく男は死んだ。

地面に倒れた男を見ても何も感じなかった。

やはり記憶と一緒に何かをなくしたようだな。相良がつぶやいた言葉が耳に入った。

相良は続けて、合格だ、そう言った。

さらに一年ほどたって、外で仕事をするようになった。はじめはダークスーツを着た男と一緒だった。

対象はどこかの企業の会長とだけ聞かされていた。自宅に忍び込み心臓麻痺《まひ》に見せかけて殺す。何の躊躇いも感じなかった。

それからは年に四、五人は手にかけている。交通事故に見せかけたり、自殺に見せかけたりした。やり方はダークスーツの男が教えてくれた。それが必要なこと。それしか考えなかった。いや何も考えなかった。三件目からは一人で仕事をした。

相良に対しては何の感情も持っていない。感謝も尊敬もしていない。組織のために自分を鍛え、そして利用している。それだけだ。

相良が言った、記憶と一緒になくしたもの。それが何だったのか。そんなことを考えるようになったのは、八王子であの女に会ってからだ。

ドアをノックする音が聞こえた。

「相良だ」

間違いなく相良の声だが、返事はしなかった。

少しの間を置いてドアが開いた。

「入るぞ」

相良がゆっくり身体を見せた。

「私一人だ」

相良が言ってドアを閉めると、部屋の中を進み椅子に腰を下ろした。

相良に促されて正面の椅子に座った。

ノックの音がしてドアが開いた。

「お飲み物はいかがいたしましょうか」

バーテンダーが顔を出した。

「ウイスキーの水割り」

相良が言ってZに顔を向けてきた。

「水を」

Zが答えると、相良はバーテンダーに向かって頷いた。

バーテンダーが消えても相良は口を開かない。表情から感情が読み取れる男ではない。相良から喜怒哀楽の感情を感じたことはない。呼び出した相良が黙っている以上、Zの方から話すことはなかった。

再びノックの音がしてバーテンダーが入ってきた。二人の前に水割りと水の入ったグラスをそれぞれ置き、頭を下げて部屋を出ていった。

「ここは私が個人的に使っている店だ。心配はいらない」

相良が水割りをひと口飲んで言った。

「道場が襲われた」

相良の言葉に小さく頷いた。それでもグラスに手を伸ばす気にはならなかった。

思わぬ言葉が相良の口から出た。

「ボールドイーグルと呼ばれる、アメリカの諜報機関の人間だ」

その名前は聞いたことがあった。だが武神私塾の道場を襲う理由は思いつかない。

「秀和の女を監禁していた。それを取り返しに来た。秀和の奴らも一緒だった。道場にいた塾生九人がやられた。命を落とした者もいる」

相良の表情は変わらないが、目の奥に微かな怒りの炎が見えた。

秀和の女というのは、八王子で顔を合わせたあの女だろう。なぜ監禁などしたのか。それに塾生が九人もいてやられるとは、にわかには信じられない。

「ボールドイーグルは戦闘のプロだ。銃を撃つことを躊躇わなかった。秀和も同じように行動した。今まで国内で相手をしていた連中とは違った」

秀和は八王子の廃工場でも、傭兵を相手によく戦った。想像以上に手強いのかもしれない。

「新しい指令を受けたはずだ」

黙ったまま頷いた。

今日の午後、統括から直接言われた。秀和のメンバーは見つけ次第始末しろ。瞬間的にあの女の顔が浮かび、頭痛の気配がした。秀和は利用価値があるので触るなと言われたのは、渋谷で爆発が起きる前の日だった。同時に、傭兵の生き残りのタスクを消すように言われた。

「秀和には手を出すな」

「どういう意味だ」

初めて口を開いた。

「秀和とボールドイーグルは、私が始末する」

相良の目の奥の怒りの炎が大きくなった。こんな表情を見るのは初めてだ。

「俺に指令を出すのは統括だけと決まっている」

「そんなことは、わかっている。だからこうして二人だけで会って話している」

「組織の指揮命令系統は一本でなければいけない。あなたに叩き込まれたことだ」

相良の怒りが目の奥だけでなく表情に現れてきた。

「指令の優先順位は」

「タスクの始末」

「だったら、それに専念するんだ」

「あくまでも優先順位だ。秀和を見つければ仕事をする」

口にしたとたん、頭痛が襲ってきた。仕事をするということは、あの女も始末するということだ。

「どうした。例の頭痛か」

相良が口元に冷たい笑みを浮かべた。

歯を食いしばり頭痛に耐えた。

「私は、お前とあの女の、きょうだい喧嘩を止めてやろうとしているんだぞ」

頭痛が一気に激しくなった。

「どういう意味だ」

頭に錐を刺されているようだ。

「言った通りだ。あの女はお前の妹だ。私が後見人になって育て、鍛えた。それなのに組織を裏切って、よりによって秀和などという警察のイヌに成り下がった」

だから拉致して監禁していたのか。秀和がそれを取り返しに来た。ボールドイーグルがどう関わってくるのかはわからない。

「なぜ、いまさら俺にそんなことを」

確かにあの女は八王子で、お兄ちゃん、と言った。だがいきなり妹だと言われて素直に信じられるか。頭痛が怒りに変わっていく。拳を握りしめた。

「親心だ。次にあの女と顔を合わせても、お前には殺せない。その頭痛を抱えてあいつらと戦えるのか」

頭痛が激しくなっていく。

「わかったら秀和には触るな」

返事はせずに立ち上がった。これ以上話を聞く必要はない。

「傭兵相手だったら、お前はいつも通り仕事ができる。たとえかなり面倒な男だったとしてもだ」

「俺は指令の通りに動く。あなたに教わったことだ」

座ったままの相良を見下ろしながら言ってドアに向かった。

「自分の状態をよく考えるんだな」

答えずに部屋を出た。

店にはまだ客の姿はない。バーテンダーが小さく頭を下げた。

階段を上がり外に出た。土曜日の夜だ。オフィス街に人の姿はほとんどない。頭痛は一向に治まらない。痛みが脳の中心に向かって襲ってくる。

相良に言われるまでもない。こんな状態になったら、秀和どころかそこいらを歩いているチンピラとやりあってもどうなるかわからない。

ビルの陰に入りポケットから薬を出して口に放り込んだ。

頭痛がこれ以上暴れ出さないよう、ゆっくり大通りまで歩いた。走ってきたタクシーに手を挙げた。相良が言ったことは考えないことにした。

「六本木の交差点まで」

シートに腰を下ろして言った。今夜はタスクが立ち寄りそうな店を張ることにしている。

六本木でタスクに会えれば、頭痛はきれいに治まるはずだ。

# 22

「まだ何もわかっていない」

佐々倉が疲れ切った表情で言った。

新橋に近いビジネスホテルだ。午後七時に来るように佐々倉から連絡があった。来栖は滝沢の運転する車でここに来た。

窓の外にはネオンに彩られた繁華街が広がっている。いつもはカーテンを引く佐々倉が今日はそのままにしている。

来栖は黙って佐々倉の次の言葉を待った。

加世田議員の件は、古関官房長官が記者会見をした。会見は朝刊にスクープ記事が載った昨日の昼過ぎに開かれた。マスコミの攻勢が激しくなったからだろう。

会見は、加世田議員と連絡が取れないのは事実であり、何らかの事件に巻き込まれた可能性も含めて、警察が全力で捜査している。そういう内容だった。記者からの質問には、今はまだ何もわからない、その一点張りで会見は終わった。

同じ時刻に警視庁の国山《くにやま》捜査一課長も会見を行った。官房長官の会見よりかなり突っ込んだ質問が飛んだ。行方がわからなくなるまでの足取りは、最後に会った人物は、誘拐をほのめかすような動きはなかったか、加世田議員の自宅の防犯カメラの映像は入手しているのか、現在の捜査態勢と方法は、質問は延々と続いた。一課長は全ての質問に対して、今はまだ答えられる段階ではないと突っぱねた。

「また同じことが起きた」

佐々倉が吐き出すように言った。

新聞社へのリークの件だ。秘密裏に対応していたことがマスコミに流れた。今回は、警察上層部だけでなく、官邸筋も情報を共有していた。それだけに前回よりも複雑な疑心暗鬼が生まれているのだろう。

「警察も政府も、かなりの上層部にしか知らされていなかったと聞きました。その中の誰かに絞れないのですか」

「当然、リークの犯人捜しはしている。だが幹部連中も、誰を信じて指示を出せばいいのかわからないという状況で、頭を抱えている。それに情報を知ったのが上層部の人間だけだといっても、それぞれが自分の子飼いの部下には耳打ちして情報収集を始める。警察も政治家も同じだ。情報を知った人間がどこまで広がっているのかは、把握しようがない」

佐々倉が言葉を切り皮肉な笑みを浮かべた。

「事実、私自身もこの情報を正式なルートで聞いたわけではなかった。私も百パーセント信用されているかわからなくなった。今のところ八王子の一件があったので、一定の信頼は受けているはずだがね」

八王子の件では、結果として、刑事部の働きで新宿の爆発事件が紅蓮によるものであると報道発表するに至った。背景には手が届いていないが、刑事部が捜査の主導権を握ったことで、刑事局長が長官レースで一歩前に出た形になったはずだ。

佐々倉が窓の向こうに目を向けて続けた。

「爆発事件の捜査本部に投入されている捜査員の中から、専属のチームを作って議員の行方を追っている。どちらも手を緩めるわけにはいかない。人が足りない」

そこに秀和の利用価値が出てくるはずだ。

「加世田議員の所在がわかっても、その情報がどこから漏れるかわからない。今回は政治家が関わっている。これが面倒だ」

今日の佐々倉はいつになく饒舌《じょうぜつ》だ。捜査が進まないことへの焦りがそうさせているように見える。

自分でもしゃべりすぎていると思ったのだろう。

「岡谷の件はどうなった」

佐々倉が気を取り直したように話を向けてきた。

「紅蓮の関係者について噂があったので確認に行きましたが。空振りでした」

道場のことは、佐々倉に地元警察を通じて調べるように依頼した。詳しい内容を訊かれるのは当然の成り行きだ。ここに来る前に、沼田と滝沢と話し合い、岡谷の件をどう伝えるかは詰めてある。

冴香が拉致されたと言えば、理由や経緯を訊かれる。場合によっては事情聴取という名目で冴香の身柄が警察に拘束される。さらに冴香の兄がスサノウの一員で、始末屋といわれるZだとわかったら、秀和はこの捜査からはずされるだろう。

「何があったか正直に言うつもりはないということか」

佐々倉の目つきが変わった。

「地元署の署長に、信用できる刑事に調べさせるように言った。道場には人っ子一人おらず、生活していた形跡もなかったそうだ。捜査本部の対応で深夜まで会議室を出られず、指示が遅れたのが悔やまれる。捜査員が行ったのは、きみから連絡があった翌日の午前中だった」

佐々倉がじっと見つめてくる。

「まさかテログループに関する人物に、姿を消されたということではないだろうな」

警察の立場から見れば、まさにその通りだ。捜査でいえば大失態と言える。それを明かすわけにはいかない。秀和には秀和の事情がある。もはや単なる佐々倉の手先ではない。改めて自分に言い聞かせた。

「うちの人間が行った時も人の姿はありませんでした。ただ荒れている様子ではなく、留守にしているという感じだったそうです。いずれ誰か帰ってくるだろうと思って待ちましたが、結局、空振りに終わりました」

爆弾が仕掛けられた冴香のバイクが気になったが、道場を引き払ったのなら、武神私塾の連中が処理したと考えられる。

佐々倉の表情は変わらない。

「いいだろう。きみたちは、これまで信頼に足る仕事をしてくれている。今は信じることにしよう」

言葉や表情から本心が読める男ではない。秀和が何か隠しているとは思っているはずだ。それでも秀和にはまだ利用価値があると判断したのだろう。佐々倉にしても、警察が摑んだ情報を全て秀和に伝えているわけではない。

佐々倉の上着の内側でスマホが鳴った。取り出し耳に当てた。返事をした後は、黙って相手の話を聞いている。表情が険しくなってきた。

「わかった。すぐに戻る」

佐々倉がスマホを切り来栖に顔を向けてきた。

「大久保議員の行方がわからなくなった」

「大久保隆司議員ですか」

来栖が訊くと佐々倉は無言で頷いた。

大久保は加世田とともにテロリストを卑怯者と言って、激しい批判を繰り返している。他の議員も当然、テロリストに屈してはいけないと口を揃え、インタビューやSNSで発信している。だがこの二人は本人たちの意思なのかテレビ局の思惑なのか、番組出演が突出して多い。発言が過激なので、番組に欠かせなくなっているという面もあるのだろう。

「これを見てくれ」

佐々倉が手にした封筒から、三枚の写真を取り出した。

「加世田議員誘拐の実行犯とみられる人物だ。捜査員には配ってある」

佐々倉が写真を差し出してきた。

来栖が受け取ると、佐々倉は何も言わず部屋を出ていった。

佐々倉は最初からこの写真を渡すつもりだったのだろうか。岡谷の件も含めて迷っていた可能性はある。大久保議員行方不明の件を聞いて、決めたのかもしれない。疑いの深まる警察内部より秀和の方が信頼できる。そう考えているのなら、それに越したことはない。それが秀和の存在意義だ。そう思いながら、胸の奥で苦い塊が揺れた。

佐々倉は文字通り恩人であり、尊敬する警察官僚だった。警察組織の外にいても、佐々倉とつながっていることで、お互いが理想とする警察組織を作ることができると考えた。そのためなら影の存在で構わない。そう思い、秀和設立の話に乗った。

だが今、二人の関係は変わってきている。

佐々倉が事件解決に全力で取り組んでいることは間違いない。だがその進め方は、警察庁長官の椅子を巡るレースで、横光刑事局長が勝つためにはどう動くのが得策か。常にそこから発想が生まれてきている。

同じ理想を持った同志だった。だが組織の中で生きている佐々倉とは立場が違う。秀和を守らなければいけない。佐々倉に嘘を言うのも仕方がないことだ。胸の中の苦い塊が、寂しさと後ろめたさだとは思いたくない。

秀和の仲間たちの顔を頭に思い描いた。今はこれでいい。

窓の外に目を向けた。いつもと同じ賑やかなネオンの海が広がっている。

## 23

大久保議員の行方がわからないという一報は、午後十時から始まった民放のテロ関連の特別番組の中で最初に伝えられた。

番組に出演予定の大久保がテレビ局に到着しないことがきっかけだった。おそらく番組担当者から報道部に連絡が行き、政治部、社会部が走り出したのだろう。

画面には大きく『大久保隆司衆院議員　行方がわからず　誘拐か』と帯タイトルが出されている。

アナウンサーは、大久保議員が議員会館を出てテレビ局に向かう途中で、連絡が取れなくなったと伝えた。議員の事務所から警察に連絡があり、現在、行方を捜している、という内容だった。

スタジオのゲストたちが、加世田議員の行方がわからなくなっている問題との関連をあれこれ話している。緊迫感はあるが、どれも根拠のない話ではあった。

「加世田議員に続いて大久保議員とは、大胆ですね」

滝沢はテレビの画面に目を向けながら言った。

「警察の威信は、いよいよ地に落ちるか」

滝沢の隣に座っている沼田の口ぶりは、皮肉というよりつらさを含んでいるように感じた。

「これをどう使えるでしょうか」

正面に座っている来栖が言った。

テーブルには、佐々倉から受け取った三枚の写真が置いてある。

一枚は広い道路を走っている車を正面から捉えている。Nシステムで捜し出したのだろう。運転席に黒いキャップをかぶりマスクをした男の姿が写っている。裏には高輪二丁目とメモされている。

二枚目と三枚目は駐車場の防犯カメラだ。黒いキャップにマスクの男二人が歩いている姿だ。運転席の男とは、違う人物に見える。裏には品川にあるホテルの名前と地下駐車場防犯カメラとメモがある。

「足跡を追うことは可能でしょうか」

来栖が写真を見ながら言った。

「防犯カメラの位置や、主要道路にNシステムが設置されていることは、彼らも承知しているはずです。ナンバープレートは偽造ですぐに付け替える。そのうえで防犯カメラやNシステムのない道路に入ってしまえば、そう簡単にはいきませんね」

沼田が車を正面から写した写真を手に取った。

「かなり若いな」

滝沢は、岡谷の道場にいた男たちのことを思い出した。

「警察が持っているのは、この写真だけではないはずです。どこをどう走ったか、ある程度は摑んでいるでしょう。我々がこの写真から、警察以上の捜査をするのは難しいですね」

佐々倉もそれくらいのことはわかっているはずだ。どういう意図でこの写真を来栖に渡したのか。何か考えがあったのか、それとも少しでも可能性を広げたいということなのか。

「佐々倉は、秀和に誘拐の方も調べるように言ってきたのですか」

沼田が来栖に顔を向けた。

「二件の刺殺事件についても、誘拐についても具体的な話は出ませんでした。その前に大久保議員行方不明の連絡が入って、佐々倉氏はすぐに警察庁に戻りました」

これから秀和がどう動くか。もう一度考える必要がある。相良を中心とするスサノウのメンバーと傭兵の牙が、秀和を狙っていることを前提にすれば、簡単に動くことはできない。

「加世田、大久保、この二人は、やはりテレビでの過激な発言が原因で狙われたのでしょうか」

「あえてこの二人の共通点と言えば、それくらいですかね。もっとも二人の過去や経歴について俺はほとんど知りませんがね」

「共通点ならあるよ」

声の方を振り返った。翔太がパソコンブースから出てきた。手にはノートパソコンを持っている。

「調べていたのか」

滝沢が声をかけると、翔太は頷いて滝沢の隣に腰を下ろした。

昨日、スサノウとの戦いから降りると言っていたが、今はそれに触れるつもりはない。

「これは、五日前の民放の番組だよ。二人ともゲストとして出演している。問題はこの時の発言だ」

翔太がパソコンを三人が見やすい位置に置き直した。

画面の中では加世田がしゃべっている。

『二回にわたってテロを許してしまった。まだ犯人の手掛かりも見つかっていない。かなり計画的で組織的な犯行とみるのが当然です。警察も一定の規模を持った、あるグループによる組織的な犯行という見方をしています』

『そういう組織の存在を警察は摑んでいるということですか』

アナウンサーがすかさず突っ込んだ。

『今ここではっきりとしたことは申し上げられません。ただ都市伝説的に語られていた組織が実在し姿を現した。そういう見方をする向きもあります』

『その組織については私も情報を摑んでいます』

声を上げたのは大久保議員だ。カメラがパーンした。

『いわば都市伝説のように語られる組織が姿を現した。そういう見方には頷けます』

『具体的には』

『今はここまでにしておきます』

あからさまに加世田に負けまいとした大久保の発言で、スタジオに一瞬白けた空気が流れた。

翔太がパソコンの映像を止めて、三人を見回した。

「この発言の後、二人ともSNSで、こういう組織が存在することを示唆する発信をしている」

「どういうことでしょう」

来栖が翔太に声をかけた。

「この二人は、名前こそ出さないけど、スサノウの存在をにおわせている。僕が調べた限りでは他の議員は触れていない」

「それが共通点か」

沼田が止まったままのパソコンの画像を見つめながら言った。

「この二人の発信がきっかけで、ネット上では様々な憶測や想像、フェイクニュースが流れ始めている。さすがにスサノウという名前は出てきていないけどね。都市伝説というキーワードが独り歩きしているって感じかな」

「確かに共通点と言えるが、それが二人を誘拐する理由になるかな」

「僕は事実を伝えただけだよ。二人の発信にはかなりの数の反響がある。大久保なんておっさんは大喜びしていたんじゃないかな」

この状況での誘拐がスサノウの犯行であることは疑いようがない。だがその目的がわからない。

部屋のインターフォンが鳴った。この部屋に人が訪ねてくることはめったにない。この音を聞いたのは、ジミーとスネークが訪ねてきた時以来だ。

滝沢は立ち上がり、壁に取り付けられているインターフォンの画面を見た。

冴香だ。

一人で病院を出てきたのか。モニター画面の中の冴香は、真っ直ぐにこちらを見ている。滝沢は、中に入るように声をかけて玄関のオートロックを解除した。

「身体は大丈夫なのですか」

来栖が言って、冴香にソファーに座るように促した。

冴香はソファーの近くに立ったまま座ろうとしない。病院に届けておいたジーンズとブルーのトレーナーを着ている。

滝沢は、黙って冴香を見つめた。顔色は悪くないが、いつもの冴香ではない。いつでも戦える。冴香が放っているそんな厳しさが影を潜めている。

冴香が四人を見回した。

「勝手なことばかりして、本当にごめんなさい」

冴香が頭を下げた。

「滝さん、翔太、助けてくれてありがとう。あなたたちが来てくれなかったら、命を落とすか廃人にされていた」

冴香が頭を上げても、誰も声をかけなかった。

「この二日間、病院で考えた。私にとってスサノウの存在は何なのか。なぜ私がこんな目に遭わなければいけないのか。それは持って生まれた宿命であることは間違いない。私の人生は彼らに蹂躙《じゅうりん》された。彼らの描いたレールの上を走らされた。そうしなければ生きていくことができなかった。そしてそのレールを自分の意思で外れた時に襲われた。命は取りとめたけど心にも身体にも大きな傷を負ってしまった。やはり彼らの描いたレールから外れては、生きることが許されない。絶望を抱えていた時期もあったわ」

一気にそこまで言って、冴香は言葉を切った。わずかに下を向き、誰とも目を合わさず何度も頷いた。やがて顔を上げ、話を続けた。

「負け犬のままで人生を歩くのは嫌。私は真実を明らかにして、彼らに復讐することだけを支えに生きてきた。でも誰に復讐していいのかもわからなかった。まともに生きていくこともできず、復讐もできず朽ちていくのかと不安と焦りの毎日だった」

冴香が四人の顔をゆっくり見回した。

「それが秀和と出会って変わった。ここにいれば、いつか彼らと向かい合う日が来る。漠然とそう思っていた。そしてそれが現実になった。秀和の戦う相手と私の敵が一致した。私の人生を蹂躙したスサノウは、罪のない多くの人の命を理不尽に奪った。絶対に許さない」

話をしているうちに、目の光が以前の冴香のものになっている。

「勝手な行動をして、みんなを危険に晒した。そんな私が言えることじゃないのはわかっているわ。でも、もし許してもらえるなら、もう一度、ここに戻って一緒に戦わせてほしい。勝手な言い分だとわかってる。でもお願いします」

冴香が深々と頭を下げた。冴香の口から自分の気持ちを聞くのは初めてだ。

「確かに勝手なお願いだな」

沼田が冷たく声をかけた。

「お前が自分の考えでとった行動にとやかく言うつもりはない。だが、なぜ連絡もせずに一人で病院を出てきた」

「身体はもう大丈夫。医者の許可も取ったわ」

「そんなことを言っているんじゃない。岡谷で何があったかは聞いている。スサノウは、お前の命を狙っているはずだ」

「わかっている。だから一人で帰ってきた。もし病院を出てから襲われたら一人で相手をするつもりだった。拉致されるくらいなら死ぬ。そのつもりでいる。これ以上みんなに迷惑はかけられない」

「何もわかっていないな。俺が相良だったら、お前の居所を摑んだとしてもすぐに襲うことはしない。後を尾けて、秀和の事務所がどこかを確認する。今や命を狙われているのはお前だけじゃない」

沼田の指摘に冴香が視線を落とした。いつもの冴香なら、少しでも危険があればそれを回避する手立てを考えたはずだ。

冴香が顔を上げた。

「沼田さんの言う通り、軽率だったわ。ごめんなさい。焦っていたのかもしれない。でも――」

「わかればいい」

沼田が冴香の言葉を遮った。

「お前が秀和に帰ってくるのを拒否するつもりはない。仲間だと思っているから、滝も翔太もお前を助けに行ったんだ」

沼田が、違うか、と付け加えて滝沢と翔太に顔を向けてきた。

「俺に異存はない」

「僕は何かを言う立場じゃないよ」

翔太の答えに冴香が怪訝《けげん》な顔を向けた。

「僕にこの仕事は無理だ。命のやり取りをするほどの度胸も腕もない。どこかでみんなの足を引っ張るのは確実だ。今の状況で足を引っ張るということは、みんなの命を危険に晒すということでしょ。僕にはできない」

「そんなことない。翔太は岡谷で私を助けるために、あれほど……」

「冴香」

沼田が落ち着いた声をかけた。

「秀和に帰ってきたいというお前の意思は尊重した。翔太がここを去るなら、それは翔太の意思だ。止めることはできない」

沼田の言葉を聞いて冴香が、翔太に顔を向けた。

「わかった。今までありがとう」

冴香が声をかけると、翔太は寂しそうに微笑んで下を向いた。

「翔太」

沼田が声をかけた。

「お前の意思は尊重するが、スサノウはお前のことも把握しているはずだ。一人で外を歩くのは危険だ。しばらくはここにいた方がいい」

「そうだね。目障りじゃなかったら、もう少しいさせてもらう。来栖さん、いいかな」

「もちろんです。今まで通り、そのパソコンで翔太さんならではの情報収集をお願いします」

来栖が笑顔で言った。

「じゃあ居候の家賃代わりの情報は提供させてもらうよ」

翔太がこれからどう秀和の仕事に関わるかは、その時々の流れになるだろう。それでも無理にでも出ていくと言われたら面倒なことになるところだった。

「来栖さん」

冴香が声をかけた。

「なぜジミーとスネークが秀和と一緒に行動していたの。スネークのけがの具合はどうなの」

「ジェイムス氏は、あなたが向かった道場の場所を知る手掛かりがないか、私たちに協力を求めてきました。危機に陥った戦友を放っておくことはできないと言いました。これは滝沢さんと翔太さんだけでなく、私と沼田さんも同じです」

来栖の言葉に冴香は唇を嚙《か》みしめて頷いた。

「スネークのけがは」

「彼は右足の膝から下を失いました。今はアメリカに帰っています。スサノウについての調査過程で戦闘が起きた、と本国には報告してあるそうです。ジェイムス氏は、日本国内での活動の責任者なので、その報告で問題はないということです」

「右足を……」

冴香が視線を落とした。

「冴香さん、八王子の一件以来、あなたの身の回りに起きたこと、それにあなたの過去についても話してください。今まで私たちには話したくなかったこともあるでしょうが、ここまで来た以上、全てを」

冷静な口調で来栖が言った。

「当然ね」

冴香がソファーに腰を下ろした。

「翔太も聞いて」

立ち上がろうとした翔太に冴香が声をかけた。

翔太が滝沢に顔を向けてきた。滝沢は黙って頷いた。翔太が上げかけていた腰をソファーに戻した。

滝沢の隣に翔太、テーブルを挟んだ正面に冴香と沼田。来栖はいつものように近くのデスクから椅子を引いてきて、左右に四人を見る位置に座った。

冴香の長い話が終わった。

岡谷の道場で相良が何を言ったのか、冴香と兄そして父親との間に何があったのか。父親からの手紙に何が書かれていたのか。冴香は全てを話した。父親を死に至らしめたことを話す時も驚くほど淡々としていた。だが始末屋Zになった霧島龍矢が実の兄ではないとわかったことに話が及ぶと、わずかの間、目を瞑り、絞り出すように話を続けた。

誰も口を開かない。

冴香の過去がこれほど波乱に富んでいるとは、滝沢も想像していなかった。

「相良は、武神私塾と名乗ったのですね」

冴香の過去には触れずに来栖が確認し、冴香が頷いた。

「心当たりがあるのですか」

滝沢は来栖に顔を向けて訊いた。

「武神暉一《きいち》氏が関係しているのかもしれません。もしそうなら今回のような行動も頷ける気がします」

「誰ですか」

滝沢の記憶にはない名前だ。

「私も直接知っているわけではありません。若い頃、ベテランの警察官僚や政治家から、何度か聞かされました。誰もが、彼はいつかこの国のリーダーになり、新しい日本を造る男だと言っていました」

来栖がそう前置きをして、話を始めた。

武神暉一は、今から四十年ほど前に三十八歳で衆議院議員に初当選した。頭脳明晰で、特に防衛、外交政策については、ベテラン議員たちも一目置く存在だったという。特にアメリカとの関係について多くの提言をしている。

当時、武神は、戦後四十年近くたちながら、日米は敗戦国と戦勝国の関係のままだと指摘した。このままではいけない。日本は自信と誇りを取り戻し、国際社会のリーダーになるのだ。国際社会での発言力は、経済力と軍事力で決まる。核兵器保有も含めた軍事力の増強と並行して、アジアで新しい経済圏を樹立し、アメリカと対等に渡り合う。それが武神の主張だった。

これについては、戦前戦中の大東亜共栄圏の復活であり時代錯誤の論だと嘲笑も受けた。

「核武装については当時も反発が大きかったのでしょうね」

滝沢は当然の疑問を口にした。

「おっしゃる通りです。当然、反核市民グループや左派グループを中心に、かなり強い批判があったそうです」

来栖が滝沢に顔を向けて頷いた。

「ところが賛同する動きが思いの外強く表れてきたのです。武神氏のカリスマ的な魅力も、背景にあったと言われています。街頭演説をすると、若い人も含めて大勢の聴衆が集まったそうです。さらに核兵器の保有については、表立って発言はしないものの、保守系議員の中にも必要性を感じている人間は結構いたのです」

来栖が少しの間、言葉を切り、何かを思い出すようにした。やがて四人を見回し話を続けた。

「この動きを危険視したのがアメリカでした。アメリカは日本が核兵器を持ち軍事大国になることを望んではいませんでした。日米安保条約を基軸に、米軍を日本に駐留させ、日本の防衛義務はアメリカが負う。日本が核兵器を持たない代わりに、他国による核の脅威に対しては、アメリカが対抗措置をとる。いわゆる『核の傘』という考え方です。これがアメリカの国益に沿うものだと考えていました」

今はアメリカの考え方にも変化がある。オバマがアメリカは世界の警察ではないと発言した。トランプは、世界の秩序を守るために米国が使っている金は自国のために使うべきだ、と主張した。同時に日本の核武装論もちらつかせた。

こうした話が出るたびに、日本国内では、核武装に対する反対意見がマスコミを賑わした。時代が変わっても、現職の政治家が、核武装論を口にすることはタブーという雰囲気は変わっていない。

来栖の説明によると、アメリカは日本国内で動き始めた核保有論を潰しにかかった。

それとわからぬ形で反対グループを支援し、マスコミにも影響力を及ぼした。

武神暉一は、次第に動きを封じられた。議員の肩書を持ったままの活動に限界を感じた武神は、議員を辞職して野に下った。彼がどんな動きをするのか、政界もマスコミも注目していたが、議員辞職後、表舞台に姿を現すことなく、いつしかその名前が出ることもなくなった。

「その時に武神を追い落としに動いたのが、現在のボールドイーグル、ジェイムス氏の先輩たちでした。岡谷で見せたような荒っぽい仕事だけでなく、思想や情報の操作を行う部門があるようです」

「武神の動きはそこで終わったのですか」

滝沢が訊ねると、来栖が静かに頷いた。

「武神暉一の家は代々続く資産家でした。東京はじめ関東周辺に広大な土地を所有し、幅広く事業も手掛けていました。議員を辞めた後、全ての資産を処分しています。莫大な現金を手にして姿を消したということです」

その資金を元に武神私塾を設立し、虎視眈々と自分の理想の国づくりのために動いていたということか。

「武神私塾の存在を佐々倉に報告しますか」

沼田が声をかけると、来栖はしばらく考える様子を見せてから口を開いた。

「報告すれば、情報の出どころを確認してくるでしょう」

佐々倉も子供の使いではない。根拠のない情報を刑事局長に伝えるわけにはいかないし、伝えれば当然、情報の出どころを訊かれる。

「岡谷で起きたことについては、佐々倉氏に伝えていません」

必然的に、武神私塾の件も報告できないということだ。

「本来なら、この手の情報は全て警察に伝える方がいいのだろう。だが大切な情報がスサノウに筒抜けになっている。佐々倉に告げるのはもう少し俺たちで探ってみてからにしよう」

沼田が言った。

「私のせいで、動きが取りづらくなっているのね」

冴香が誰とも目を合わさずに言った。

「いや、冴香が岡谷に行ったから、敵の正体が具体的に見えてきた。これは大きい」

沼田が言った。

これまでは、警察内で隠語のように呼ばれているスサノウという正体不明の存在を相手にしていたのだ。

「こうなると、佐々倉とかなり距離を取った形で動くことになりますが、構いませんか」

沼田が来栖に顔を向けて言った。

元々、秀和は佐々倉と来栖の信頼関係で成り立っている。来栖は佐々倉を単なる先輩官僚ではなく、恩人であり尊敬する存在だと話してくれたことがある。

「私と佐々倉氏の関係についての斟酌《しんしゃく》は無用です」

来栖も沼田の質問の真意がわかっている。

「皆さんが命を懸けて動き始めた時点で、秀和は独立したものと思っています。警察と自衛隊。皆さんは図らずも組織を離れることになりましたが、この国に暮らす人々の命と平和を守るという、当初の志は変わっていないと信じています。私自身もそうであると断言できます。秀和がこれほどの機会に巡り合えるとは思ってもいませんでした。警察を利用しながら秀和独自の活動ができると思います」

来栖が珍しく力のこもった言い方をした。四人の視線が集まっていることに気づき、少し照れたような笑みを見せた。

「まいったな」

これまで黙っていた翔太が口を開いた。

「なんだか、この場を離れづらくなっちゃったな」

「しばらくは、ここにいるんだ。考えたいだけ考えればいい」

滝沢は、翔太の肩に手を置いて言った。

「来栖さん、さっきから気になっていたんだけど、その手元の写真は何?」

冴香が来栖の前に置いてある写真に目を向けた。

「冴香さんには、まだお見せしていませんでしたね。加世田議員誘拐の実行犯とみられる人物です」

来栖がテーブルの上に三枚の写真を並べた。

「国会議員の誘拐ね。看護師がそんな話をしていた」

冴香が写真を手に取り、じっと見つめた。

「翔太、この写真、もう少し引き伸ばせる？」

冴香が差し出した写真を翔太が手に取った。

「画像を取り込んで大きくはできるけど、補正してもかなり画質は悪くなるよ」

「かまわない。駐車場の二枚。右側の男の上半身が写っていればいい」

翔太が頷いて席を立った。

「心当たりがあるのか」

「はっきりとは言えない。もしかしたらというところ」

冴香は言って、じっと何かを考え始めた。

パーテーションで仕切ったパソコンブースから、キーボードを叩く音が微かに流れてきた。

これからどう動くか、滝沢は考えた。牙が秀和を狙っている可能性がある。さらに武神私塾を明確に敵に回したことで、相良たちだけでなくZが襲ってくることもあり得る。こんな連中に狙われていたら、とても外など歩けない。だが逆に考えれば、秀和のメンバーが囮になり、奴らをおびき出すことも可能だ。

「お待たせ」

翔太がパソコンブースから出てきた。

「これ以上大きくすると、画質が粗すぎて意味がなさそうだ」

プリントアウトした写真を、翔太がテーブルに置いた。

冴香が身体を乗り出して、写真を見つめた。マスクを着け、黒いキャップをかぶった男の胸から上の画像だ。引き伸ばしているのでかなり粗いが、顔は識別できる。

しばらくして冴香が滝沢に顔を向けてきた。

「この男の右目」

言われて滝沢は男の写真に目を向けた。

「刃物傷か」

右の眉の上から目尻の下まで、真っ直ぐに線を引いたような傷跡がある。そのせいか右目は左目の半分ほどの細さだ。

「私が行った日に稽古をしていた男に間違いないわ。相当に腕が立つ。私は逆立ちしても勝てない」

あの時いたのなら、かなりのけがをしているはずだが、その感じはない。

「滝さんたちが来る前の日だった。私が寝かされていた部屋に来て、医者と話をしていた。医者は二人いて、その内の一人に、すぐに港の道場に行く。そう告げて連れて出ていった」

「何か思い当たることはあるか」

「小学生の時、確か三年生だった。一度だけ父に連れていかれたことがある。兄と一緒に車に乗せられて」

冴香にとって龍矢は、あくまでも兄ということのようだ。

「父と兄は、そこを港の道場と呼んでいた。大きな貨物船が接岸していて、クレーンでコンテナを船に積んでいた。夜だったから周囲の建物のネオンやクレーンを照らすライトが幻想的だったのを覚えている」

「場所はわかるか」

滝沢が訊くと、冴香はわずかに視線を逸らせて考えた。

「レインボーブリッジがすぐ近くにあった。海に向かって左手側だった。兄が、あれがレインボーブリッジだと教えてくれた」

「レインボーブリッジとの間には何もなかった？」

黙っていた翔太が声をかけた。

「目の前だったと思う」

「だったら、品川コンテナ埠頭《ふとう》かな」

翔太が顔を向けてきた。

「あそこはレインボーブリッジが間近で眺められる、隠れたビューポイントなんだ。天王洲アイルや対岸のお台場の夜景もきれいだ。車はもちろん、りんかい線の天王洲アイル駅はほぼ目の前だからね。品川駅からでも歩いて十分くらいかな」

そんな所に武神私塾の施設があるのだろうか。

「面白い場所に目を着けたのかもしれないね」

滝沢の疑問を察したように翔太が続けた。

「埠頭の海沿いには大量のコンテナが積み上げられていて、早朝から深夜まで、時には二十四時間、クレーンで積み下ろしの作業が行われている。輸出入に関連した会社の事務所や倉庫もあるから、日中はそれなりに人の行き来がある。でも夜になると雰囲気は一変するんだ。作業が行われているから、深夜に車や人の出入りがあっても不自然じゃない。作業服でもスーツでもね。特に夜中は、煌々《こうこう》とした明かりの中で作業が行われているけど、道路を挟んだ反対側は、明かりの消えた小さなビルや倉庫が並んでいて、歩いている人がいない。一種不思議な空間さ。ただし埠頭の北側には湾岸署の別館、対岸の青海《あおみ》には湾岸署があるから、警察の目の前だけどね」

滝沢は現役の刑事時代も含めて、そこには行ったことがなかった。翔太の話を聞いただけでは雰囲気は摑みづらい。

「冴香はそこに何をしに行ったんだ」

沼田が冴香に訊いた。

冴香の表情に一瞬、暗い影が差したように見えた。冴香は、いったん目を瞑り、すぐに沼田に顔を向けた。

「着いたらすぐに、父と兄は上の階に行った。私は一階の部屋で一人で待たされた。普通の会社の事務所という雰囲気で、私たちが着いた時にはまだ事務員が仕事をしていたわ」

「人の出入りはどうだった」

「夜になって事務員が帰ってから、何人かが来て上の階に上がっていくのを見たわ。道場にいる連中とはまったく違う人種だった。若い男からかなりの年配者まで、みんなスーツを着ていた。隣に倉庫があって、そこに一度だけ食事を届けに行ったわ。四、五人の男がいた。作業服を着ていたけど、岡谷にいた道場生と同じ雰囲気だった。荷物の警備をしているという感じだったと思う」

「面白い場所だけど」

翔太が少し上を向いて何かを思い出すように言葉を切り、すぐに顔を滝沢に向けて続けた。

「あそこは小さな島みたいなもので、運河にかかる二本の橋で天王洲アイルとつながっているんだ。何かあった時に、橋を封鎖されたら、それこそ袋のネズミだよ。そんな場所にあいつらが事務所を置くかな」

確かに犯罪者集団が集まる場所としては疑問が残る。

「武神私塾の密輸基地という可能性はどうだ」

沼田が言った。

「なるほど、それならコンテナ埠頭に事務所と倉庫を置き、私塾の会合場所として使うのも頷けますね」

「武神私塾がテロに必要な武器や薬剤を密輸入することも考えられる。ダミーの会社を設立して、銃器などの武器を分解して正規の金属製品に紛れ込ませて国内に持ち込む。そんなやり方はこれまでもあったはずだ」

「引退当時の武神暉一の財力や組織力を考えれば、その程度の貿易会社を作るのは簡単だったでしょう。書類上は一切関わらず、まっとうな仕事をしながら武器や薬品の密輸を続ける。ありそうなことですね」

来栖が冷静な口調で言った。

「冴香、他に覚えていることはないか」

「地下にも部屋があった」

「どんな部屋だ」

滝沢が問いかけると、冴香は下を向いた。小さく肩が上下している。

「忘れた」

冴香が誰とも目を合わさずに言った。

滝沢は、沼田に顔を向けた。沼田が厳しい顔つきで頷いた。冴香は口にしないが、思い出したくない何かがそこにあるのかもしれない。

「建物は特定できるか」

滝沢は冴香に視線を戻して訊いた。

「行けばわかると思う」

冴香が気を取り直したように顔を上げて言った。

「冴香」

沼田が声をかけた。

「そこに行くとしても、明日以降だ。部屋で少し休め」

「でも一刻を争う状況に――」

「大丈夫だ。急いではいるが、焦っても仕方がない」

沼田が言うと、冴香は小さく息を吐いて頷いた。

「みんな、ごめんなさい。悪いけど、そうさせてもらうわ」

冴香が立ち上がり、素直に部屋に向かった。

「大丈夫かな」

沼田がつぶやくように言った。

「明日の冴香の状態を見てから考えましょう。車の中から建物を特定してくれれば、それで十分です。何かするにしても冴香は外してもいいでしょう」

滝沢の言葉に沼田が厳しい表情で頷いた。

冴香の精神的なダメージは計り知れない。これから迎える厳しい局面で冷静な判断ができるか、不安が残る。

滝沢は冴香が入っていった部屋のドアを黙って見つめた。

## 24

間もなく午前零時になる。金曜日の深夜。六本木は大勢の若者で賑わっている。新宿と渋谷で起きた爆弾テロなど関係ないという顔の若者たちだ。警察官の数もいつもの夜とは比べ物にならないほど多いが、若い連中には関係なさそうだ。

Zは、六本木の交差点から高樹町に向かって歩いている。六本木ヒルズを過ぎてすぐに、目指す店の入っているビルがある。そのビルを横目で見ながら数メートル過ぎたところで足を止めた。店に紅蓮と関係の深い男がいるという情報があった。腕は相当立つということだ。タスクが例の二人以外にも襲うとしたら、この男だと予想をつけている。

胸ポケットのスマホが震えた。連絡係の山崎からだ。明日の夜、港の道場に行き、そこで次の指示を待つよう指示された。つまらない仕事に関わりたくないが、こちらの都合は斟酌されない。了解した、とだけ言って電話を切った。

前から歩いてくるグループに目を止めた。先頭を歩いている男は、高級そうな白いスーツを着ている。ホストのようにも見えるが、歩く姿を見ただけで何か格闘技をやっているのがわかった。かなりの腕だろう。後ろを歩いている四人の男たちは、凶暴なにおいを隠そうともせず、辺りを威嚇《いかく》しながら歩いている。

Zは、通話が切れたスマホを耳に当てたまま、男たちと目を合わせないようにして、ゆっくりと歩いた。すれ違いざまに男の一人が、すっと近づき肩をぶつけようとしてきた。さりげなくその肩を避けた。男が立ち止まり、薄笑いを向けてきた。他の三人も足を止め、二人がZの行く手を阻むように立ち、もう一人が後ろに立った。

最初から狙われていたとは考えづらい。喧嘩相手を探しているという感じだ。

こんな所で面倒を起こすことはできない。どう始末するか。考えながらスマホを上着の胸ポケットにしまった。同時に、後ろから女の悲鳴が聞こえた。

振り返ると白いスーツの男が倒れている。四人が慌てて駆け寄り、スーツの男を抱え起こした。

白いスーツの脇腹の辺りが血に染まっている。

Zは周囲を見回した。野次馬が集まってきた。その向こうに黒い上下を着た男の背中が見えた。タスクだ。

野次馬を押しのけてタスクを追った。走ってきた二人の警察官とすれ違った。無線で救急車と応援を要請する声を背中で聞いた。

若い女とぶつかった。跳ね飛ばされそうになった女の両肩を摑み脇に押しやった。

同時に後ろから肩を摑まれた。反射的にその手を払いのけて振り向いた。

「おっさん、どこ見て歩いてるんだよ」

女の連れの男のようだ。面倒は起こしたくない。悪かったな、そう言って男を睨みつけた。男は一瞬で怯んだがそれでも精一杯の虚勢を張って頷いた。

男に背を向けて周囲を見回した。タスクの姿はなかった。

パトカーのサイレンの音が近づいてくる。集まってくる野次馬の流れに逆らって現場を離れた。

周囲への警戒を緩めずにしばらく歩いた。

タスクはなぜあの男を刺したのか。紅蓮と関係のある男なのだろうか。それよりもZの気持ちをささくれ立たせたのは、タスクの存在に気づけなかったことだ。タスクはすぐ近くにいた。気配も感じなかった。相良と話をしたことで、どこかが鈍っているのかもしれない。六本木に来て、目指す店に近づくにつれて、頭痛は消えていった。緊張感が一番の薬だった。だがタスクの存在に気づかなかった。

今は余計なことは考えるな。自分に言い聞かせた。この喧騒の中にタスクがいる。目的はわからないが、一瞬の油断が命取りになる。

女の悲鳴が聞こえた。かなり先の方だ。目立たないように早足で近づいた。

すでに人の輪ができている。プロレスラーかと思うような大柄な黒人男性が倒れている。顔を歪めジャケットの脇腹に手を当てている。指の間から真っ赤な血が流れ、歩道に広がっていった。男に縋《すが》りついた白人の女が悲鳴を上げている。

人の輪から離れ周囲を見回した。

いた。道路を挟んだ反対側の歩道を歩いている。間違いない。タスクだ。

道路を挟んだまま、タスクの少し後ろを歩いた。タスクの前から三人組が歩いてきた。ダークスーツに身を包んだ、暴力団員風の男たちだ。

先頭の男が歩みを緩め、騒ぎが起きているこちら側に目を向けた。その向こうをタスクがすれ違う。タスクの身体が微かに揺れた。男が二、三歩進んだところで、膝をついた。他の二人が不審そうな顔で男の脇で足を止めた。男が前のめりに倒れた。他の近くを歩いていたカップルが足を止めた。女が顔を背けて男にしがみついた。他の通行人も立ち止まり、遠巻きにダークスーツの男たちを見ている。

Zはタスクの後を追った。

タスクは走ってきたタクシーに手を挙げた。

反対側に渡っている暇はない。こちら側でタクシーを止めても、Uターンできる場所ではない。

タスクを乗せたタクシーが走り去っていく。会社名とナンバーを頭に入れた。山崎に伝えれば、ある程度のところまで動きを摑めるはずだ。

警察官が走ってくるのが見えた。巡回していた警察官が一斉に動き出している。

Zは、ゆっくりと現場から離れた。

歩きながら、暴力団員風の男が刺された時のタスクの動きを頭の中で再現した。

男の注意が道路の反対側に向いた時、タスクの身体が、ほんの少し揺れたように見えた。周囲には通行人がいた。誰もその動きに不自然さは感じなかったのだろう。それほど素早く、最低限の動きだった。そして使ったのは鋭利な刃物。かなりの速さで一閃《いっせん》した。男は切られてから二、三歩進んで膝をついた。

新宿と六本木の時のように、刃物で正面から胸を一突きするというのも、かなりの腕がないとできないことだ。だがタスクの技は、そういう力ずくのものだけではなかった。刃物を持たせたら予想以上に危険な男だ。傭兵として戦地で修羅場を潜り抜けてきている。独特の嗅覚も持っているだろう。

警察が、切られた三人の共通点を探しても見つからないはずだ。それはZの中で確信に近いものになっている。あえて三人の共通点と言えば、手応えのありそうな相手。それだけだ。人目が多い繁華街で、誰にも気づかれず、腕に自信がありそうな相手を血まみれにする。そこに歪んだ喜びを感じている。

統括の話では、タスクは秀和を狙っているということだった。まだ彼らの所在が摑めないのでこんな行動に出たのだろう。奴にしてみたら暇つぶし程度のことなのかもしれない。もしかすると、Zがいるのに気づき、腕を見せつけるためにやったのかもしれない。

会うのが楽しみだ。秀和は相良にゆずってやってもいい。

Zは自分が微笑んでいるのに気づいた。

パトカーと救急車のサイレンが、六本木の街中に響き渡っている。

# 25

目を覚ますと、微かにコーヒーの香りがした。

滝沢はソファーから身を起こした。もう一つのソファーで寝ていた沼田も顔を上げた。

「おはようございます」

来栖が声をかけてきた。

昨夜は、来栖と冴香、それに翔太が部屋で寝た。

「早いですね」

沼田が来栖に声をかけた。

滝沢は、腕時計に目をやった。午前六時半を少し過ぎたところだった。

「起こしてしまいましたか。それでもお伝えしなければいけないことがいくつかあるので、声をかけようと思っていたところでした」

来栖がソファーの間のテーブルにコーヒーカップを置いた。

奥の部屋のドアが開き、冴香が入ってきた。

「おはよう」

冴香が落ち着いた声で言った。疲れはとれているように見える。

「皆さん、揃いましたね」

来栖が言った。翔太は要員に入れていないのだろう。

「おはよう」

翔太の声がした。

振り返ると、パソコンを置いたブースから翔太が出てきた。コーヒーカップを持っている。早くに起きてパソコンに向かっていたようだ。

「最初にお伝えします」

来栖の表情が、すっと厳しくなった。

「今日の明け方、横須賀にあるジェイムス氏の店が火事で全焼しました」

「どういうこと」

冴香が腰を浮かして声を上げた。

「十分ほど前に、ジェイムス氏から電話がありました。焼けた店内に油の臭いが残っていたそうです」

「放火か」

沼田がつぶやくように言った。

「武神私塾の報復だ。ジェイムス氏はそう言いました。秀和にも同じように直接的な攻撃があるはずだから、十分気をつけるようにと」

「そんな……」

冴香がテーブルに肱をついて頭を抱えた。

「けが人は」

滝沢が訊くと、冴香が顔を上げ来栖を見た。

「深夜で店にもビルにも人はいなかったということです」

冴香が立ち上がり、玄関の方に向かった。

「どうするつもりだ」

滝沢は後を追って、冴香の腕を摑んだ。

「横須賀に行く」

冴香が滝沢の腕を振りほどこうとした。

「今はだめだ」

「どうして」

「ジミーに迷惑をかけるな」

滝沢が怒鳴りつけるように言うと、冴香の腕から力が抜けた。

「横須賀には、まだ武神私塾の人間がいるかもしれない。ジミーはお前を守るために動かなければならなくなる」

それがどれほど危険なことかは、冴香にもわかるはずだ。

滝沢は、冴香の腕を離し、ソファーに戻った。

冴香が下を向いたまま、滝沢の隣に腰を下ろした。

「ジェイムス氏から連絡があれば、すぐにお伝えします」

来栖が声をかけると、冴香は下を向いたまま頷いた。

「もうひとつが、これです」

来栖が朝刊を二紙テーブルに置いた。

『六本木で連続通り魔か　三人重傷』

二紙とも一面の左肩に現場の写真入りの記事が載っている。

滝沢と沼田は一紙ずつ手に取った。

午前零時前後に、六本木の三ヶ所で、男性三人が次々に鋭利な刃物のようなもので、腹部を切られたとある。この二紙は、ぎりぎりの時間で突っ込んだのだろう。

来栖がリモコンを手にして、テレビのボリュームを上げた。

「テレビは、このニュースで持ち切りです。新たなテロではないかという説を唱えるコメンテーターもいます」

来栖がテレビに目を向けながら言った。視聴者の関心を引くためには、その見方は欠かせないのだろう。

路上で切られた三人は、命は取りとめているが、かなりの重傷だという。今のところ三人につながりは見つかっていないということだ。

「武神私塾の犯行でしょうか」

来栖が沼田に顔を向けた。

「今の段階では何とも言えませんが、報道で見る限り、ちょっと信じられないような手口ですね」

土曜の夜の六本木だ。爆弾テロ以降、繁華街の人出が減ったとはいえ、周囲にはそれなりに人がいたはずだ。警察官の巡回も多かっただろう。そんな中での犯行だ。

「牙が動いているのか」

滝沢は、テレビの画面に目を向けたまま言った。

テレビでは現場から女性アナウンサーが中継をしている。周辺には若い男女が、深刻さとは無縁の顔で現場を眺めている。

今の状況と手口からすると、牙の仕業と考えるのが妥当なのだろう。

「今度は爆発物ではなく、こういう形の無差別テロということですかね」

沼田に問いかけた。

「いくら牙が刃物の使い手だといっても、リスクが大きすぎる」

「武神私塾は、以前、来栖さんに接触して、仲間にならないかと言ってきましたね。本気かどうかはわからないが、その時点では、まだ秀和を利用価値があると考えていたのかもしれない。岡谷の一件で、完全に敵対関係になったが、俺が円山町で襲われたのは、岡谷に行く前です」

「牙が、武神私塾の支配下を離れて動いているということか」

「その可能性は捨てきれませんね」

しばらく誰も口を開かなかった。

「これからどうする」

口火を切ったのは沼田だった。

「例の品川コンテナ埠頭に行きたいと思っていますが」

滝沢は言ってから、隣に座っている冴香に目を向けた。

冴香が、すっと顔を上げた。

「行きましょう」

「大丈夫か」

「今は加世田と大久保の居場所を摑むことが最優先事項。可能性のある場所は潰しておくべきよ。二人を人質に取られて何か要求でもされたら、政府や警察は手も足も出なくなる」

滝沢に向けてきた冴香の目は冷静だった。

「翔太、行く前に大久保と加世田の顔写真を見せて」

冴香が翔太に声をかけた。

「了解」

翔太がノートパソコンを開いた。

「顔は知らないか」

「普段、テレビはほとんど観ないから」

冴香がつまらなそうに言った。

政治家の顔と名前が一致するのは、重要閣僚かテレビで話題になる議員だけなのは、滝沢も同じだ。

「これだよ」

翔太がノートパソコンを冴香の前に置いた。

ディスプレイに向けた冴香の表情が、一瞬険しくなったように見えた。すぐに普段通りの表情に戻り、じっと二人の顔写真を見つめている。

「ありがとう」

冴香がパソコンを翔太の方に押しやった。

「大丈夫か」

滝沢が声をかけると、冴香は前を見たまま頷いた。必要以上に深刻になっているのかもしれない。

「失礼」

来栖が言って、上着の内ポケットからスマホを取り出した。

「わかりました。お待ちしています」

来栖がスマホを切り、冴香に顔を向けた。

「ジェイムス氏がここに来ます。火事の後始末があるので、横須賀を出るのが昼過ぎになるということです。尾行の有無を確認しながらなので、着くのは三時過ぎになるそうです」

「どういうことですか」

沼田が慎重な面持ちで訊いた。

「詳しい話は、こちらに来てからということでした。当然、武神私塾についてだと思います」

来栖が慎重な口調で続けた。

「彼とは、冴香さんを救出するという共通の目的があったので、一緒に行動しました。ですが彼はあくまでも、アメリカの裏の組織の人間です。関係は慎重にしなければなりません。秀和として活動する以上、その認識だけは共有していただきます」

来栖が最後のひと言を冴香に向かって言った。

「ジミーごめんなさい。私のせいで……」

ソファーに腰を下ろしたジミーに向かって、冴香が頭を下げた。

「私は自分の判断でした行動の結果を、誰かのせいにするつもりはない」

「それでも――」

「今は、やるべきことがあるはずだ」

ジミーが冴香の言葉を遮った。

冴香がわずかの間ジミーを見つめ、はっきりと頷きソファーに腰を下ろした。

滝沢の隣に沼田、テーブルを挟んで、沼田の正面にジミーが座り、隣に冴香、さらにその隣に翔太も同席している。

両サイドが見える位置には、いつものように来栖が椅子を置いて座っている。

「ここに来た理由を聞かせていただきましょうか」

来栖が冷静な口調で言った。

ジミーが頷いた。

「以前、ここに来た時に、私たちの組織は、警察内部でスサノウと呼ばれている組織について、あくまでも情報を得ることが仕事だ、そう言いました」

ジミーはいったん言葉を切って、全員を見回した。

「方針が変わりました。スサノウを壊滅させます」

ジミーがきっぱりと言った。

「それはあなた自身の考えですか。それとも組織としての方針ですか」

沼田が訊いた。

「合衆国の方針です。スサノウは、日本の治安の維持に大きな脅威になると判断しました。日本の治安が乱れることは合衆国として放っておくことができないのです。特に今は、朝鮮半島、中国、台湾、ロシアと、この地域は多くの火種を抱えています」

ジミーがまた言葉を切り、全員を見回した。

「日本の政情が不安定になれば、北朝鮮がそこに付け込んで、さらに過激な動きを見せる可能性もある。テロが米軍基地に影響を与えることがあれば、懸念されている台湾有事や朝鮮半島での有事の際に足かせになる恐れもある。合衆国にとってその際に日本の政情が安定していることが必要なのである。

「だからと言って、なぜあなたの組織が動くのですか」

沼田の問いかけに、ジミーは少し考える表情をした。言葉を慎重に選んでいるようだ。

「日本国内で動けるのは私たちだけです。たとえテロ組織との戦いであっても、米軍が動くわけにはいかない。それは日本政府も日本国民も許さないでしょう。テロ組織が相手だとわかっても、自衛隊ですら動けないのですから」

最後のひと言は、日本に対する皮肉に聞こえた。

「政治家を誘拐するという、あり得ない手も使い始めています。このままの状態が続くと、国民の政府や警察に対する信頼はなくなります。治安が乱れれば、スサノウとは関係のない、たとえば半グレと呼ばれる連中、ヤクザ、そうした組織の動きが活発になり、さらに治安が乱れる。経済にも影響が出る。そんな国を我々は世界中で嫌というほど見てきました」

「それなら我々ではなく、警察に行くのが筋ではないですか」

ボールドイーグルが日本国内で表立って活動ができないと言っても、本国の意向であれば、秘密裏に警察と協力して動くこともできるはずだ。

「日本の警察と協力する道筋はあります。しかしそうすると、我々はテロ組織を相手に戦うのに銃も使えない。仮に使ったとしても、我々が犯人を一人でも射殺したら、マスコミはどう報道するでしょう。世論はどう反応するでしょう」

警察と共同行動をとっていたアメリカの諜報機関員が国内で発砲、テロリストを射殺。警察そして政府が批判の的になる。それが今のマスコミのスタンスだ。

アメリカはもちろん、ヨーロッパで頻発した無差別テロでも、ほとんどの場合、犯人は現場で射殺されている。武器を持っているテロリストは射殺する。それが世界の常識と言っていい。

今、捜査に当たっている刑事たちには、拳銃の携帯指示が出ているはずだ。だが日本の警察は、どんな状況でも逮捕を優先する。それは決して悪いことではない。事件の全容を解明するためには、犯人を生きたまま捕らえることが必要だからだ。だがその背景には、警察官が発砲することに対する国民の厳しい目があることも事実だ。

「さらに秀和は、警察以上に詳しい情報を得る可能性があります」

冴香と武神私塾との関係を言っている。

「本国からの指示は、スサノウと呼ばれる組織を早急に壊滅するため行動を起こすこと、という内容です。方法は現場の判断、つまり責任者である私に任されています」

「それでここに来たわけですか」

「秀和が秘密裏に警察の一部とつながっていることは、わかっています。私たちが動くとすれば、秀和と共同でというのが一番効率的だと判断しました」

お互い法律の外で戦う立場ということだ。

「岡谷でのことも本国には報告してあるのですか」

「当然です。私は組織の人間です。全て報告してあります」

「スネークの負傷や今回の火事も含めて、責任を問われることはないのですか」

「ありません。最優先事項はスサノウの壊滅、日本の治安の乱れを阻止すること。それに尽きます」

ジミーの言葉に沼田が考え込んだ。ジミーとのやり取りは、沼田に任せた形になっている。滝沢は口を挟まず、ジミーの話に齟齬《そご》はないかを考えた。

アメリカにとって日本は、治安の乱れもなく、おとなしく言うことを聞く国であってほしい。簡単に言えばそういうことなのかもしれない。

「我々とあなたの組織の目的は、同じだということは間違いない。一緒に行動することは、お互いのためになりそうだ。どうですか」

沼田が最後のひと言を来栖に顔を向けて言った。

「皆さんが、その意見なら私に異論はありません」

来栖が滝沢たちを見回した。

滝沢と冴香が同時に頷いた。翔太は来栖と目を合わそうとはしない。

「異論はなさそうだな」

沼田が言って、ジミーに顔を向けた。

「お聞きの通りだ。だがこれだけは、はっきりさせておきたい。我々はそちらの指揮命令系統に入ることはできない。お互い必要な情報を交換する。必要に応じて一緒に行動する。常に対等な立場で動く。それでいいですね」

「当然です」

ジミーが大きく頷いた。

ボールドイーグルほどの組織が、持っている情報を全てさらけ出すとは思えないが、お互いそれは承知の上だ。

「私が話しても、よろしいですか」

来栖が沼田に声をかけた。沼田が少し考えてから、お願いします、と言って頷いた。

「ジェイムスさん、まず一つ目の基本的な情報を提供します」

来栖がジミーに顔を向けて、落ち着いた声で言った。

「今から四十年ほど前、日本で核武装論が起きた時に、あなたたちの組織が、それを潰すために動いたことがある」

「さすがに元警察官僚の来栖さんは、詳しいですね」

ジミーがあっさりと認めた。

「その時の中心人物が武神暉一。そして今テロを起こしている組織は、武神私塾と名乗っています」

ジミーの目が、すっと細くなった。

「武神暉一の名前は、過去の活動記録の中で私も目にしました。だがその後、活動をしているという記録は、私たちの情報の中にありません。まさか四十年たって、その武神暉一がテロを」

「本人が動いているかどうかは、確認が取れていません。だがテロリストたちが武神私塾と名乗っているのは事実です」

思いもしない名前だったのだろう。ジミーが下を向いて、しきりに何かを考えている。やがてジミーが顔を上げた。

「あなた方に協力をお願いしたのは、間違いではなかった。当面、あなた方と直接顔を合わせるのは私だけですが、それでよろしいですか」

「わかりました」

沼田が答えた。

「私は合衆国のために仕事をしています」

ジミーが言って、顔を引き締めた。

「だが私の行動の根底には、心の底からテロを憎む気持ちがある。それだけは知っておいてください」

ジミーが言うと、冴香が顔を上げジミーを見つめた。何かを知っているようだ。

「サヤカ、戦う準備はできているな」

ジミーが、微笑みながら声をかけた。

「大丈夫。一緒に戦わせて」

冴香の横顔には、躊躇いも迷いも見えなかった。


ジミーがスマホを耳に当て、黙って相手の話を聞いている。

滝沢は、ジミーの横顔に目を向けた。彼が本国からの指令で動いているというのは本当だろう。岡谷であれだけの行動をとったのだ。信用してこちらの情報を出すことに問題はないはずだ。だが秀和との共闘はあくまで利用価値があると判断してのことだ。秀和の仲間とは違って、命を懸けて共に戦えると思うのは危険だ。

「武神暉一については、二十年以上前に調査の対象からはずれていました」

ジミーが、スマホを胸のポケットにしまいながら言った。

ボールドイーグルの本部に、武神暉一について確認するように指示を出し、その返事がきたのだ。

「対象からはずすまでの経緯は、どうなっていますか」

滝沢はジミーに訊いた。ボールドイーグルの活動の詳細を話すことができないのはわかっているが、この件に関しては別だ。どこまで話すかで、ジミーの本心も見えてくる。

「国会議員を辞めて資産を現金化した後も、しばらくは監視をしていましたが、特別な動きは記録として残っていません。最後に手放した茅野市の別荘を離れずに、資産整理の指示をしていたようです。実際の手続きは、彼の側近が経営する会社が行っていました。そして武神暉一は姿を消し、それ以降消息は摑めなかったそうです」

茅野市は道場があった岡谷市の隣だ。武神暉一があの辺りに土地や建物を持っていたということだ。道場になっていた寺も武神と関係があったのだろう。

「その別荘は取り壊されて、上場企業が経営するホテルになっているそうです」

「わかりました。テロリストと武神暉一の関係は、いずれはっきりするでしょう。すでに死んでいて、名前だけが継がれていることもあり得ます」

沼田が言った。

ジミーが黙って頷いてから、テーブルの上に東京都の地図を置いた。二ヶ所にマルが書いてある。

「これが我々が摑んでいる、相良たちの動きです」

一つはJR新宿駅とJR代々木駅の間、もう一つは、品川コンテナ埠頭だ。

「どうやって、これを」

滝沢は、コンテナ埠頭に書かれたマルを見ながら言った。

「GPSで動きを追っています」

滝沢が顔を上げると、ジミーと目が合った。

「岡谷の道場に行った時です。庫裏の脇にワゴン車が駐まっていました。滝沢さんたちと二手に分かれた時、そのワゴン車にGPS装置を取り付けておきました」

あの時の滝沢に、そんなことを考える余裕はなかった。

「あくまでも、あの車が立ち寄って、一定の時間停まっていた場所というだけです。まだ実際に現場には行っていません」

「このコンテナ埠頭には、武神私塾の関係先がある」

滝沢は、冴香が道場で聞いた話と、昔、父親に連れていかれた建物がここにあることを説明した。

「まずは、この埠頭から当たってみるか」

沼田が地図に目を向けたまま言った。

## 26

車の量は思った以上に少なかった。土曜日の夜ということもあるが、爆弾テロに加えて六本木の連続通り魔事件の影響だろう。

車を大きな交差点で停めた。

「このまま進めば品川駅。右に行けば品川コンテナ埠頭だ」

滝沢は、運転席から後ろのジミーに声をかけた。助手席の冴香は、つばのついた帽子を目深にかぶり、黙って前を見ている。

滝沢たち三人は翔太の車を借りて事務所を出た。滝沢が車のことを頼むと、翔太は目を合わさず黙ってキーを渡した。運転するとは口にしなかった。

信号が変わり車を発進させた。

交差点を右に曲がるとすぐに運河にかかる橋に差しかかった。渡り終えると右側が広い公園で、左には遠くからでも見えた高層ビルが並んでいる。ここが天王洲アイルと呼ばれる地区だ。高層ビルにはオフィスや商業施設が入っている。

大げさに言えば夜の遊園地の中にいるような気分だ。高層ビルや商業施設、それに運河の手前に並ぶ高層マンションの窓明かりがまばゆいほどだ。この夜景を眺めながら食事ができるレストランやバーが人気だというのも頷ける。

天王洲アイルを抜けて、さらに運河にかかる大きな橋を渡り品川コンテナ埠頭に入った。

左に野球場があり、右には火力発電所がある。正面に巨大なクレーンが見えた。

事前に地図と航空写真は見ていた。ここは運河を挟んで橋でつながっている四角い島のような土地だ。東西が五百メートル、南北が千八百メートルほどある。海に面した東側に貨物船が着岸する岸壁と広いコンテナヤードがある。

コンテナヤード沿いの道路に出た。金網で仕切られたヤードには、赤や緑のコンテナが何段にも積み上げられ、大量に並んでいる。

ヤードの中に立つクレーンは、近くで見るとその大きさがよくわかった。高さが三十メートルはありそうな巨大なコンテナクレーンだ。作業用の照明を受けてゆっくりと動いている。

左に曲がりヤードを右に見ながら進んだ。コンテナを積んだ車両が行き来するためだろう。道幅はかなり広い。ヤードの金網沿いに、積み荷作業を待っているらしい大型貨物車が一台停まっている。

車を路肩に停めた。他にも何台か路肩に車が駐めてある。ほとんどがワゴン車かバンだ。道路沿いには建物が並んでいる。物流会社の倉庫や事務所のようだ。比較的大きな建物の間に、三階建てくらいの小さなビルがいくつもある。明かりが点いている建物は数えるほどで、薄暗く古いビル街という感じだ。少し先に見えるのは、東京出入国在留管理局の庁舎だ。半分ほどの窓に明かりが点いている。

橋を一本渡っただけで、これほど雰囲気が変わるのかと滝沢は思った。近代的な天王洲アイルとはまったく違う、貨物用の港湾独特の雰囲気だ。

だが正面にはレインボーブリッジが美しい姿を夜空に浮かび上がらせている。そして運河を挟んだ周囲には天王洲アイルをはじめ湾岸の高層ビルの明かりが延々と並んでいる。対岸にはお台場の明かりが見える。近代的な夜景に囲まれ、ここだけが時代に取り残された異空間のように感じた。

冴香は窓の外に目を向けたまま黙っている。

「冴香、どうだ」

「このままゆっくり進んで」

車を出した。

「これよ」

百メートルほど進んだところで冴香が小さな声で言い、すぐに顔を正面に向けた。

スピードを落とさず、そのまま車を走らせた。

「品川貿易という看板がかかっているビルだな」

「そう、間違いないわ」

冴香が前を見たまま答えた。

この先の埠頭の北側に、東京湾を回るクルーズ船の着岸場所がある。翔太の話によると一般用の駐車場があり、夜景を眺めにきた若い連中が車を駐めたりするということだった。

埠頭の先まで行くと、確かに思ったより広い駐車スペースがあった。

Uターンして品川貿易の看板が見える位置に車を停めた。

滝沢は、改めて品川貿易の建物を見た。三階建てだ。その向こうには横に長い建物がある。小さな窓が並んでいて、車が出入りできそうなシャッターが下りている。冴香が言っていた施設に隣接する倉庫だろう。どちらも明かりは点いていない。ビルの手前には駐車場を挟んで四階建てのかなり大きな倉庫がある。

「例の政治家二人がここに監禁されている可能性はあるかな」

ジミーが声をかけてきた。

「岡谷の道場のように人目につかない場所の方が良さそうだが、ここも悪くはない。二人が拉致されたと思われる場所からも近い」

加世田も大久保も行方がわからなくなったと知らせがあった時、警察は、都内はもちろん隣接県も含めて、かなり広範囲で検問を行った。

「これ以上近づくのは避けたいが……」

滝沢は誰にともなくつぶやいた。三百メートルほど離れている。この距離だと車や人の出入りはわかるが顔までは確認できない。

冴香がダッシュボードから何かを取り出した。

「この辺りの明るさなら視認距離は一キロ以上。五百メートル以内なら、顔も見分けられるわ」

双眼鏡タイプの暗視スコープだ。

滝沢は、暗視スコープを受け取り目に当て品川貿易のビルを見た。感度は十分だった。しばらくここで動きがないか見張ることにした。刑事時代から張り込みには慣れている。車の中にいられるなら、楽だと言っていい。

誰も口を開かないまま時間が過ぎていった。時折、車が行き来して車内に緊張が走ったが、いずれも明かりの点いた他のビルの前で停まり、何人かが出入りしただけだった。相変わらず通行人の姿はない。

滝沢は腕時計に目をやった。午後十一時を過ぎている。いくつか点いていたビルの明かりも少なくなっている。対岸のお台場や湾岸のビルの明かりがまだ煌々と灯っているのとは対照的だ。何時まで見張りを続けるか、判断が必要だ。そう思った時、正面から車が走ってきた。暗視スコープを目に当てた。

車は品川貿易のビルの前で停まった。

「ナンバーは確認できるか」

ジミーが訊いてきた。

滝沢はワゴン車のナンバープレートを読み上げた。

「岡谷の道場に駐まっていた車だ」

ジミーが言った。

助手席から男が降り、ビルの正面のシャッターを上げた。一階の半分が車庫になっている。

「冴香」

滝沢は声をかけて暗視スコープを冴香に渡した。

ワゴン車がゆっくり中に入っていった。一人残ったスーツ姿の男が辺りを見回してからビルの玄関の鍵を開けて中に入った。車庫のシャッターは上がったままだ。

「間違いない。道場にいた男よ」

冴香が暗視スコープを目に当てたまま言った。

一階から三階まで順番に明かりが点いた。ワゴン車に何人乗っていたのかはわからない。

正面からもう一台車が来て、ビルの前で停まった。

滝沢は、冴香から暗視スコープを受け取り目に当てた。

助手席から男が降りると、車はすぐにUターンして走り去った。立っているのは大柄な男だ。

まさか。そう思った時、男が左右に顔を向けた。はっきりと顔が見えた。Zだ。八王子の廃工場で姿を見ている。間違えることはない。Zは玄関からビルに入っていった。

「滝さん」

冴香が顔を向けてきた。遠目でも気づいたようだ。

「Zだ」

滝沢は暗視スコープを目から離して言った。

冴香が顔を戻し、ビルを見つめた。

ビルにZがいるとなると、かなり面倒だ。Zの腕は八王子で嫌というほど見せられている。それに冴香だ。Zが実の兄ではないとはいえ、気持ちは今も兄と妹のままだ。

冴香が黙ったままドアに手をかけた。後ろからジミーが冴香の肩を摑んだ。

「動いてはいけない。落ち着くんだ」

ジミーが静かな声で言うと、冴香は下を向きドアから手を離した。

「滝沢さん、中の様子を探る手立てを考えよう」

ジミーの言葉に頷き車を出した。正面から近づくことはできない。品川貿易の裏側に面した道路を進みビルの手前にある倉庫の脇に車を停めた。

滝沢はジミーに顔を向けた。

「今やるべきことは、このビルに加世田と大久保がいるかを確認することだ。救出は警察に任せた方がいい」

警察には特殊急襲部隊、SATという専門集団がいる。テロ事件や重要施設の占拠などの際に、被害者の安全を確保しながら被疑者を検挙するのが任務だ。SATは警備部の所属だが、この期に及んで刑事部のSITと功名争いをするほど愚かではないと思いたい。SATが出動したとしても情報を摑んだのが刑事部であれば顔は立つはずだ。警察内部にいる武神私塾のメンバーに知られるおそれがあるが、それは佐々倉が何とかするべき問題だ。

「警察に任せるというのは賛成だ。だが何があるかわからない。銃は持っているな」

ジミーが言った。

滝沢は助手席のシートに目をやった。シートの中には特殊な収納ケースがあり、シグ・ザウエルが二丁入っている。翔太が作った収納ケースだ。警察が車内を捜索しても、まず見つけることはできない。開け方を知っていれば、すぐに取り出せるが、知らなければ手は届かない。

車には他にも、工具やタイヤチェーンに紛れ込ませて、簡単な武器や特殊工作用の道具に使える物が積んである。翔太の車を借りた理由はここにあった。

「持っていくんでしょ」

冴香がシートの下に手を伸ばして声をかけてきた。

一瞬、返事を躊躇った。こんな場所でもパトカーの巡回があるかもしれない。歩いているだけで職質をかけられる可能性がある。だがビルにはZと道場生がいる。

「出してくれ」

滝沢が言うと冴香が身体を前に倒してシートの下に手を突っ込んだ。すぐにシグを摑んだ手を滝沢に差し出した。

「俺とジミーで様子を見に行く。冴香は運転席に移れ」

シグを受け取り言った。

「私も行く」

冴香が顔を向けてきた。

「だめだ。エンジンはかけたままにして、いつでも動けるようにしておくんだ」

冴香と睨み合う形になった。ほんのわずかの間だった。

「わかったわ」

冴香が目を逸らして小声で言った。状況を冷静に見ることができているのか、Zと顔を合わせるのを躊躇っているのか判断はつかなかった。

無理にでも一緒に行くと言ったら今回の行動そのものを中止するつもりだった。

滝沢は冴香の肩を軽く叩いて車を降りた。

冴香が運転席に乗り込んだのを確認すると、ジミーが先に立って倉庫沿いを進んだ。街灯は少なく倉庫や周りのビルも明かりが消えている。薄暗い道だ。右側の運河の向こうに広がる天王洲アイルは、この時間になっても賑やかな明かりがまぶしい。

倉庫の壁に沿って駐車場に入った。両脇の建物に沿って、五台ずつの区割りがあるが車は駐まっていない。

倉庫の壁には張り付くように外階段がある。二階から四階までの各階に扉があり、手すりの付いた外廊下もある。

滝沢は振り返ったジミーに頷いた。体を低くして階段に近づく。品川貿易のビルとの距離は駐車場を挟んで十メートル弱というところだ。

階段は、ビルの窓の正面ではないので気づかれる可能性は低いが、その分、部屋の中全体を見ることはできそうもない。

ジミーが這うような姿勢で階段を上がり始めた。少し間をあけて滝沢も続いた。

二階の部屋の窓が見えた。明かりは点いているが人の姿は確認できない。会議に使うような横長の机が見えるだけだ。そのまま進んだ。

三階に着いた。外廊下はビルの窓をわずかに見下ろす位置になる。そこに身体を伏せてビルの窓に目を向けた。ブラインドカーテンが下りている。

「ブラインドの前に人影があった」

ジミーがささやくような声で言った。

「どうする」

滝沢は窓から目を離さずに言った。

ジミーがポケットから出した手を開いた。掌に載っているのはパチンコ玉くらいの黒く丸い球だ。

「窓を開けさせるために使うものだ。周りは特殊なスポンジだ。これを窓にぶつける。この距離ならほとんど音はしないが、違和感を持つくらいの音はする。ブラインドを開けるはずだ。身体を低くして動かずに中を見るんだ」

ジミーが小声で言って、右手を大きく振って黒い球を投げた。球は闇の中に吸い込まれすぐに見えなくなった。

わずかの間をおいてブラインド越しに人影が動いた。ブラインドがゆっくり上がり、窓が開いた。男が外に顔を出した。顔を下に向け駐車場や外の道路の方を何度も見ている。こちらには注意が向いていない。

男の肩越しに異様な光景が目に飛び込んできた。

部屋の中央に置かれた椅子の上に、スーツを着た男が立っている。後ろ手に縛られ白い布で目隠しをされている。そして男の首には絞首刑台に立たされた死刑囚のように、輪にしたロープがかけられている。ロープの先は真っ直ぐ天井に向かって伸びている。男がバランスを崩すか、誰かが椅子を蹴ればそれで終わりだ。男の膝が小刻みに震えているのが遠目にもわかった。

目を凝らした。間違いない。大久保議員だ。今すぐ大久保を殺してしまうつもりなのか。そうだとすればすでに手遅れだ。急いで飛び込んだとしても、部屋の中の一人が椅子を蹴ればそれで終わる。

歯がみをしながら見つめるしかなかった。

男の向こうに横長のソファーがありスーツ姿の男が座っている。加世田議員だ。目の周りに黒い痣《あざ》ができ、唇が切れて血がにじんでいる。真っ直ぐに垂らした左腕の肱の辺りを右手で押さえ、顔をしかめている。

窓際の男が部屋に顔を向けて何か言っている。ブラインドが下ろされた。

「首に縄をかけられているのが大久保で、奥のソファーにいたのが加世田だ」

ブラインドが下りた窓に目を向けたままジミーに声をかけた。

「最悪の状況だが、二人がここにいることは確認できた。車に戻って警察に伝えよう。俺たちでは手が出せない」

「この状況で、警察が来ても議員は救えない。殺されて終わりだ」

ジミーがささやくような声で言った。

SATが出動したとしても、かなり難しい状況であるのは間違いない。大久保は椅子を蹴られただけで命を落とす。岡谷の道場にいたような奴らなら、大久保を殺して自分たちも死を選ぶ。そんなことも考えられる。救出に失敗して議員を死なせたら、警察の大失態と報じられる。だがどうしようもない。ジミーもそれはわかっているはずだ。

ジミーを促して階段を下りようとした時だった。黒塗りの乗用車が、すぐ下の駐車場に入ってきた。息をひそめ身体を低くして様子をうかがった。乗用車から男が二人降りた。一人がビルに入っていき、一人は運転席の脇に立ち周囲を警戒している。

しばらくして三階のブラインドが上がり、男が顔を出した。その向こうに大久保が見えた。首に縄をかけられて椅子の上に立たされたままだ。ソファーに加世田の姿はない。窓から顔を出した男が下の駐車場に向かって何か言った。下の男が軽く手を上げて合図を返した。

窓が閉まりブラインドが下がった。すぐに二階、一階と続けて明かりが消えた。直後にエンジンをかける音がしてビルからワゴン車が出てきた。乗用車に男が戻り、ワゴン車の後に続いて走り去った。

「下りよう」

しばらくしてジミーが声をかけてきた。

滝沢は暗闇の中で頷き、ゆっくり階段を下りた。

倉庫の壁に身体を張り付けるようにして表の道路まで進んだ。人の気配はない。周囲に停まっている車もない。

「議員は連れ出されたと思うか」

ジミーがビルの入り口に目を向けたまま言った。

三階だけ明かりが点いていることと、二階の明かりが消えたタイミングを考えると、大久保はそのままで、見張りを残していると考えるのが妥当だ。車庫のシャッターは開いたままだ。車はすぐに帰ってくるということだろう。

「今が唯一のチャンスだ。入ろう」

ジミーの言葉に頷いた。

周囲に気を配りながら、ビルの玄関に向かい、ガラス張りのドアを押してみた。鍵がかかっている。そのまま進んでシャッターが開いたままの車庫に入った。車庫の奥にドアがあった。ジミーがベルトに付けたポーチのようなものから、細長い金属を出した。鍵穴に入れる。ほんのわずかで鍵は音もなくあいた。

ジミーが金属棒をしまい、ベレッタを手にして滝沢に顔を向けてきた。

滝沢は頷いてシグ・ザウエルを手にした。

ゆっくりと扉を開き、滑り込むようにビルに入った。玄関のガラス張りのドアから、コンテナヤードの作業用のライトが薄明かりになって入ってきている。玄関のドアを入った所に短いカウンターがあり、その内側に事務用の机と椅子が片側四脚ずつ向かい合って縦に並んでいる。滝沢たちが入ったドアの右には、壁沿いにソファーと小さなテーブルがある。パソコンや書棚といった事務室にあるべきものは何も見当たらない。階段は一番奥にある。事務室の中を通って階段に向かった。

警戒を緩めず階段を上がり、明かりが消えている二階のドアの前に立った。ドアの上半分がガラス張りで中の様子が見える。正面がコンテナヤード側の窓だ。人の姿はない。

ジミーがドアを開いて中に入った。後に続いた。

「三階に何人いるかわからない。できるだけ部屋の外に出したい。危険を感じたら発砲は躊躇うな。Zがいたら姿を見た瞬間に引き金を引くんだ。いいな」

ジミーの言葉に頷き、シグを握る手に力を入れた。

部屋を出て三階に続く階段をゆっくり上がった。先を行くジミーが途中の踊り場で足を止め、壁に背中を付けた。三階の部屋のドアからは見えない位置だ。滝沢もそれに倣った。

ジミーが銃をしまい、ポケットから何か出すと、腕を伸ばして、上に向かって放り投げた。階段の上の方に落ち、乾いた音を立てて転がってきた。

わずかの間を置いて三階のドアが開いた。階段を下りる足音が近づいてくる。一人のようだ。踊り場の手前まで来た時、ジミーが跳躍した。大柄な身体からは想像もできない軽やかな動きだ。右腕が下りてきた男の首に巻き付いた。左手で男の口をふさいでいる。男がもがいたが、すぐに身体から力が抜けていった。ジミーが男の身体を階段の下の方に寝かせると、素早く滝沢の隣で壁に身体を寄せた。滝沢はじっとしたままだった。それほどの早業だった。

しばらくしてドアが開く音がした。

「どうした」

別の男が、倒れている男の姿に驚いた声を上げて階段を下りてきた。ジミーが飛び出した。この男も最初の男と同じ結果になった。

ジミーが部屋の中に向かって顎をしゃくった。

滝沢は、開いたままのドアに近づいた。正面に大久保が目隠しのまま同じ体勢で椅子の上に立っている。見える範囲に人の姿はない。素早く部屋に飛び込み左右に銃を向けた。見張りは二人だけだったようだ。

「頼む、助けてくれ。なんでもする。本当だ。頼む」

入り口の気配に気づいた大久保が震える声で言った。

「大久保さん、助けに来た。もう大丈夫だ」

大久保の身体が一瞬跳ねるように動いた。

「じっとしていろ」

滝沢はシグをズボンに挿し込み、近づいた。大久保はうわ言のような声を上げながら、何度も頷いている。

椅子は二人が乗れる大きさではない。大久保の腰のあたりを抱くようにした。足を踏ん張りしっかりと大久保の身体を支えた。

背伸びをして腕を伸ばし、大久保の首にかかっている縄を握った。顎の下を滑らせて縄を抜いた。

大久保の身体から力が抜け、滝沢にのしかかるように倒れてきた。支えきれずに大久保を抱いたまま床に倒れた。

身体を入れ替え、大久保の目隠しを取り、腕を縛っている縄をほどいた。

「もう大丈夫です」

声をかけても、大久保は虚ろな目を向けて口をぱくぱくと動かすだけだった。

ジミーが部屋に入ってきた。滝沢と目を合わせて頷くと、近づいてきて天井からぶら下がっている縄を見つめた。手を伸ばして縄の輪の部分を握り引っ張った。縄がピンと張った。さらに力を入れて下に引いた。縄は天井から抜け落ちてきた。

「どういうことだ」

滝沢は驚いて声をかけた。

縄は天井に付けられたフックに何重かに巻いてあるだけだったようだ。軽い力では抜けないが、体重がかかれば縄はフックから外れるようになっていた。大久保を殺すつもりはなかったということだ。大久保に死の恐怖を与える目的はわからない。

ジミーが縄を床に投げ捨てた。

「急ごう」

大久保を立たせようとしたが、腰が抜けた状態で足をもつれさせるだけだ。脇の下に左肩を突っ込み、何とか立たせた。

「大久保さん、しっかりするんだ。急がないと奴らがもどってくる。わかるな」

大久保が何度も激しく頷き、少し足に力が入った。

それでも引きずるようにして部屋を出た。見張りの男が二人、後ろ手に結束バンドで縛られて倒れている。意識は戻っていないようだ。

ジミーを先頭にして階段を下りた。

一階に着いたところでジミーが足を止めた。駐車スペースに車が入る音がしている。

玄関のガラス張りのドアの前にスーツ姿の男が立った。

ジミーに促されて机の後ろに身体を隠した。

「私が奴らの動きを止める。大久保を連れ出すことだけ考えろ」

ジミーがベレッタを握って言った。

ドアが開き、男が部屋に入ってきた。

「動くな」

ジミーが立ち上がり銃を向けた。

「ゆっくり両手を上げげろ」

男が動きを止め両手を肩の高さまで上げた。

外の明かりは滝沢たちの位置までは届いていない。男からはジミーの黒いシルエットしか見えていないはずだ。

「つまらん政治家を助けるために命を張るとは、見上げたものだ」

男が落ち着いた口調で言った。駐車スペースのエンジン音が止まった。

「こんな形で乗り込んできたところを見ると、警察ではなさそうだな。秀和とかいうイヌか。それともアメリカの方たちかな」

「こちらを向いたまま、ゆっくりソファーの方に行くんだ」

ジミーの言葉に従って男が右に動いた。

「もう二歩」

ジミーが声をかけ、スーツの男は駐車スペースに通じるドアのすぐ脇で止まった。車を運転してきた男がこのドアから入ってくれれば、ジミーが牽制できる。

滝沢は大久保に肩を貸しながら立ち上がり、玄関のドアの方に銃口を向けた。問題は車に何人乗っているかだ。

ジミーに促され、少しずつ玄関ドアの方に移動した。スーツの男とは事務机の列を挟んだ位置だ。このまま外に出られれば何とかなる。人通りがないといっても、少し離れた場所ではコンテナの積み下ろし作業が行われているのだ。周囲には作業員もいる。私塾の連中といえども無茶はできないはずだ。

駐車スペースに通じるドアが動いた。

ドアの隙間から手が伸びてきた。

「Get down!」(伏せろ！)

ジミーが怒鳴った。何かが部屋に投げ込まれた。

大久保の身体を抱えて床に伏せた。閃光弾か。大久保に覆いかぶさり自分の両耳をふさいだ。破裂音はなかったが、あっという間に真っ白な煙が部屋中に広がった。発煙弾だ。薄暗かった部屋の中は煙が充満し何も見えなくなった。

片膝立ちになり銃を構えた。どこから何人くるのか。歯がみをしながら周囲を見回した。煙しか見えない。

身体の正面で何かが床を擦るような音がした。立ち上がり、音の方に銃口を向けた。腹に激しい衝撃を受けた。事務机が猛烈な勢いで襲ってきた。そのまま壁際まで机に押された。背中が壁にぶつかった。腹と背中に痛みが走りうめき声をあげた。さらに机が押し込まれてきた。机と壁に挟まれ身動きが取れない。シグは離さなかったが、相手の姿は煙の中で確認することができない。

階段の方で机が倒れるような激しい音がした。ジミーが戦っている。濃い煙に包まれて姿は見えない。

煙の中から目の前に手が伸びてきた。避ける間もなく額に冷たい感触が触れた。銃口がぴたりと当てられた。

死ぬのか。一瞬で全身に鳥肌が立った。

「じっとしていろ」

煙の中から声がした。すぐに引き金を引くつもりはなさそうだ。右手にはシグを握っているが、少しでも動く気配を見せたら相手は躊躇わず引き金を引くだろう。歯を食いしばって待つしかなかった。

戦闘の気配が消えた。

煙が徐々に薄くなっていった。目の前には、上下黒のスウェットを着た男が机の上に片膝立ちで拳銃を突きつけている。

部屋の明かりが点いた。周囲の様子がうかがえるようになったが、顔を動かすこともできない。

「銃を机の上に置け。ゆっくりだ」

黒スウェットの男が低い声で言った。

言われた通りにするしかない。右手を動かすと背中に激しい痛みが走った。一瞬、右手が止まった。銃口がさらに押し当てられた。痛みをこらえてシグを机の上に置いた。

銃口に促されて、机と壁の隙間を抜けて部屋の中央に立たされた。

階段の方に目を向けた。ジミーがゆっくり近づいてきた。足を引きずり、額のあたりからはかなりの血が流れている。後ろについているのはZだ。ジミーは背中に銃を突きつけられているのだろう。突然の煙の中の戦闘ではZが一枚上だったようだ。

スーツの男がスマホを取り出し耳に当てた。二言、三言話してすぐに胸のポケットにしまった。

「この二人は本部まで連れていく。代議士先生も一緒だ」

本部がどこにあるのかわからないが、連れ込まれたら無事に帰ることはできない。唯一の救いは冴香の存在だ。これだけ時間が経過している。異変があったと考えて様子をうかがいに来ているはずだ。どこかに挽回のチャンスは必ずある。

滝沢は男に言われて、机の下で倒れている大久保を引きずり出し、肩を貸して立たせた。意識はあるが正常な判断能力があるようには見えない。

背中を銃で押され、駐車スペースに出た。白いワゴン車が停まっている。スーツの男が運転席のドアを開けようとして、舌打ちをした。

「くだらないことをしてくれたな。他にも仲間がいるのか」

滝沢に身体を向けて声をかけてきた。

ワゴン車の前輪に盗難防止用のタイヤロックがかけられている。翔太の車に積んであったものだ。

自分の存在を相手に知らせることになるが、車が動き出したら手が出せなくなる。冴香はそう判断したのだろう。

スーツの男がスマホを耳に当てながら、ドアに向かって顎をしゃくった。

滝沢とジミーは銃口に押されて事務所に戻った。大久保をソファーに座らせた。身体のどこにも力が入らないという状態だ。

スーツの男がドアを閉めて、正面の玄関ドアに近づいていった。

空気を切り裂くような音が滝沢の脇をかすめた。スウェットの男が小さくうめき声をあげて身体を折った。銃が床に落ち机の下に滑っていった。

Zが顔を向けた。ジミーは一瞬の隙を逃さなかった。Zに体当たりをして銃を持った腕を摑み、顎に肱を叩き込んだ。

滝沢はうずくまったスウェットの男の顎を思い切り蹴り上げた。男がのけぞって床に倒れた。右の肩に何かが刺さっている。

ジミーがZの胸に右肩を当てて勢いよく部屋の奥まで押し込んでいった。銃を持ったZの腕は左手でしっかり摑んでいる。Zの背中が壁にぶつかった。

滝沢の足元でスウェットの男が首を振りながら上体を起こした。左のこめかみに向けて再び蹴りを放った。男が床に倒れた。

振り返るとジミーとZの身体が入れ替わっていた。ジミーが壁に押し込まれている。銃を持った腕は摑んだままだ。Zが下からジミーの腹に膝を突き上げた。ジミーの身体が沈む。

「動かないで」

正面ドアの方から鋭い声がした。顔を向けると、冴香がスーツの男の腕をねじ上げこめかみに拳銃を突きつけている。

冴香に顔を向けたZの表情が歪んだ。床に腰を落としたジミーに向けられた銃が微かに震えている。

「龍矢」

スーツの男が落ち着いた声をかけた。

「かまわないからその男を撃て。俺が撃たれたら、ゆっくり他の奴らも殺せばいい。後始末は、これから来る奴らがしてくれる」

この男も岡谷にいた連中と同じなのか。

「お兄ちゃん」

冴香が叫んだ。

声をかけられたZが苦悶《くもん》の表情を見せた。歯を食いしばり必死に何かに耐えているように見える。

「龍矢、どうした」

スーツの男が眉間にしわを寄せた。

「お兄ちゃん。私よ。冴香よ」

冴香が振り絞るような声を出した。

「まさかお前……」

男の言葉が終わらないうちに冴香の右手が動いた。銃把を後頭部に叩き込んだ。男はその場に崩れ落ち動かなくなった。

「お兄ちゃん」

冴香がZに歩み寄っていく。

「来るな」

Zが叫び冴香に銃を向けた。

成り行きを見守るしかなかった。

ジミーがゆっくり上体を動かし始めた。下手に動けばZは冴香に向かって引き金を引く。Zの注意は冴香に向いている。目はZの背中に注がれている。

冴香はZから三メートルほど離れた所で足を止めた。

「ジミー、お願い動かないで」

冴香がZに目を向けたまま言った。

ジミーが動きを止めた。

冴香が右手に持ったシグを机の上に置いた。素手のままZに近づいていった。

「お兄ちゃん。会いたかった。私よ冴香よ」

「さやか……」

Zがつぶやくように言い激しく頭を振った。銃を落とし床に膝をついた。両手で頭を押さえうめき声をあげている。

「お兄ちゃん」

冴香がZの前にひざまずき声をかけた。

Zがゆっくり顔を上げた。苦しそうな顔だ。

Zが目を見開いた。同時に右腕を振り冴香の身体を横にはじき飛ばした。銃声が響きZが身体を折った。

銃声の方に顔を向けた。スウェットの男が銃を構えている。Zの動きの意味がわからなかったのだろう。戸惑ったような表情でZと冴香を交互に見た。すぐに思い直したように、倒れている冴香に銃口を向けた。

銃声と同時にスウェットの男がのけぞり、仰向けに倒れた。

撃ったのはジミーだ。Zが落とした銃を手にしている。

「お兄ちゃん」

冴香がZに縋りついた。Zの左の脇腹のあたりに血がにじんできた。

Zが立ち上がった。冴香を突き飛ばすと、両手で頭を抱えたまま雄叫びを上げた。部屋の壁が震えるほどの声だ。冴香を突き飛ばすと、正面の玄関ドアから外に飛び出していった。

冴香が立ち上がり後を追おうとした。

滝沢は後ろから冴香の腕を摑んだ。

「今は追いかけても無駄だ。奴らの仲間が来る。ここを出るぞ」

ジミーに顔を向けた。かなりのダメージを受けているようだが、滝沢に顔を向けて頷き、ゆっくり立ち上がった。ポケットから出したハンカチを鉢巻をするように頭に巻いた。まだ出血は続いている。

滝沢は、ソファーで頭を抱えたまま震えている大久保の脇の下に肩を入れて立ち上がらせた。

スウェットの男の周りに血が広がっている。滝沢は男から目を逸らしジミーと冴香に顔を向けた。

「急げ」

声をかけると、ジミーが冴香の肩を抱いて歩き出した。

倉庫の脇に駐めていた車にたどり着いた。冴香からキーを受け取り、大久保とジミーを後ろの席に座らせた。助手席のドアの横で冴香が運河の向こうに目を向けている。

「冴香、早く乗るんだ」

声をかけると冴香はドアを開き車に身体を入れた。

滝沢は運転席に座り、車を出した。身体中が痛むが、一刻も早くここを離れる。それだけを考えた。

最初の橋の手前で、黒塗りの車とすれ違った。最初にビルに来た車だ。すぐ後ろにもう一台、黒塗りの車が続いている。危うく鉢合わせするところだった。

運河にかかる橋を渡り天王洲アイルに入った。深夜だというのに華やかな明かりが広がっている。さっきまでのことが嘘のような光景だ。

助手席でじっと黙っている冴香の横顔を、ネオンの明かりが照らしている。

## 27

秀和の事務所に戻ったのは午前一時に近かった。ジミーは仲間が迎えにきて別れた。態勢を立て直してから来栖に連絡するとだけ言っていた。

滝沢たちは、あの後、来栖を通じて佐々倉に連絡を取った。

佐々倉は大久保議員を警察庁の近くで直接引き渡すよう指示してきた。マスコミに気づかれないためだと言ったが、大久保の身柄を確保して、訊けることは全て訊いておこうと考えたのだろう。だが大久保の状態を考えれば、しばらくは難しそうだ。

滝沢は事務所のソファーに座り、来栖が淹れてくれたコーヒーを一口飲んだ。甘い香りと心地よい苦みが口の中に広がった。隣に座っている冴香はコーヒーカップに手を伸ばそうとはせず、じっと一点を見つめている。

ソファーの正面には沼田と翔太が座っている。

品川コンテナ埠頭で起きたことは、滝沢が三人に全て話してある。

「大久保議員は、佐々倉氏の手配で病院に入ったそうです」

来栖がスマホを胸のポケットにしまいながら言った。左右にソファーを見るいつもの位置に椅子を持ってきて座っている。

「品川貿易のビルは、警察が駆けつけた時には、ワゴン車も含めて何も残っていなかったそうです。今、鑑識が調べています」

滝沢たちと入れ違いでビルに着いた連中が全て始末をしたのだろう。血の痕や銃痕は残っているはずだ。品川貿易ビルの所在地と加世田議員が連れ去られたことは佐々倉に伝えてあった。

「佐々倉氏は、なぜ彼らのアジトがわかったのか。大久保議員救出のいきさつも含めて、詳しい話を聞きたいと言っています」

来栖が言葉を切ってテレビのスイッチを入れた。ボリュームは落としてある。

「今夜中に大久保議員救出の記者会見を行うそうです。今は報道発表の内容を含め、政府との調整で手一杯だということです。明日の早い段階で会うことになります」

記者会見が行われれば、特設ニュースで中継するはずだ。

「かなり危険な目に遭わせてしまったな」

沼田が声をかけてきた。

滝沢は苦笑いを返して、コーヒーカップをテーブルに戻した。煙の中から銃口が伸びてきた時は死を覚悟した。いや覚悟したというのは正確ではない。ここで今死ぬ。そう思った。恐怖は一瞬遅れて身体中に広がった。思い出すと今も身体中に寒気を覚える。

「Zは記憶が戻ったということなのか」

沼田が滝沢と冴香を交互に見て言った。

「それはわかりませんが、冴香を守ろうとしたのは間違いありません」

「記憶は戻っていないと思う」

冴香が誰とも目を合わさないまま言った。

「八王子の廃工場でもそうだった。私を見て何かを感じた。感じたけど理解はできない。苦しんでいると思う。私には想像できない苦しみの中にいると思う」

表情はまったく変わらない。それが冴香の苦悩を表している。

「Zのけがはどの程度のものなんだ」

「出血していることしか見ていませんが、一般の病院はもちろん、武神私塾の関係している病院にも行けないはずです。どこかで一人で傷を癒しているのでしょうね」

冴香に代わって滝沢は言った。

「彼ほどの男ですから、誰も知らない隠れ家くらいは用意しているでしょう」

滝沢の言葉に沼田が頷いた。

「Zは立場が微妙になったな。冴香を守ったことが裏切り行為と取られたら、もう私塾に戻ることはできない。事務所にいた二人はどんな様子だった」

「スーツの男は気を失っていました。もう一人はジミーに胸を撃たれて大量の血を流していました。助からないと思います」

「それならZがどういう行動をとったか知っている人間は、私塾側にはいないということか」

冴香がZを、お兄ちゃんと呼び、Zが頭を抱えてうずくまったのは、スーツの男が見ている。

冴香が天井に顔を向け大きく息を吐いた。しばらくして顔を戻した。

「今は、兄のことは頭の隅に置いておくだけにする。目指すのは武神私塾の壊滅。私と兄の関係についてはいったん忘れて。そうじゃなければみんなと戦えない」

落ち着いた表情だが、心の奥では激しい葛藤があるはずだ。それを必死に抑え込んでいるのなら、あえて触れないのが仲間としてとるべき態度だろう。滝沢はそう思う一方で、冴香がどこかで暴走することがないか、十分に目配りをする必要があると感じている。

「始まりましたね」

来栖がリモコンでテレビのボリュームを上げた。

画面はスタジオのアナウンサーから警視庁の会見室にかわった。正面に国山捜査一課長が座っている。

用意したメモを読み始めた。

本日午前零時三十分、大久保隆司議員を保護。場所は都内。具体的な場所は現段階では公表できない。大久保議員は都内の病院に入院。目立った外傷は認められないが、精神的にも肉体的にもかなり衰弱しているため事情聴取は医師の許可が出次第行う。医師は数日間の安静が必要と判断している。大久保議員の監禁場所は議員以外無人であり誘拐犯はいまだ不明。犯人からの要求等の接触は家族、事務所、警察などに一切なし。加世田議員については引き続き全力を挙げて行方を捜査する。新宿および渋谷の爆発事件との関連を含めて捜査を続ける。

「以上」

捜査一課長は、最後の一言だけ顔を上げて言って立ち上がった。

記者から怒号のような質問が飛んだが、それを無視して部屋を出て行った。

記者たちはこれから、懇意の刑事や警察幹部に夜回りをかけ、少しでも情報を取ろうと必死に走り回るのだろう。

画面が切り替わった。総理官邸で小関官房長官の会見が行われている。当然だが、捜査一課長の会見内容を超えるものはない。手元のメモを読み終えると顔を上げた。

「加世田議員の救出と犯人の逮捕に向けて、引き続き警察と政府が総力を挙げて取り組みます。以上です」

官房長官も記者の質問には答えず会見場を出て行った。

「こんなもんだろうな」

沼田が苦笑いで言った。

「これで警察内部や政治家の間で秀和の存在が知れ渡るってことはないのかな。佐々倉や刑事局長だって秀和のことを隠して上に報告はできないでしょ」

翔太の言う通りだ。今回の事件については、警察庁と政府のトップにまで詳細な報告が求められるはずだ。報道発表はともかく、秀和の存在を隠しておくことはできないだろう。

「明日、佐々倉氏と会います。なぜ監禁場所を割り出せたのか。情報源も含めて詳しく訊かれるでしょう。私なりに話す内容については考えがありますが、皆さんの意見も聞かせてください」

来栖が全員の顔を見回した
「全部話すべきね」

冴香が来栖に顔を向けて言った。

「品川の事務所のことは、普通に捜査していたのではたどり着けない。佐々倉は秀和がテロリストの中に情報提供者を抱えているのでは、と考えるはず。さらに言えば、秀和とテロリストに何らかの関係がある、もしくは秀和がテロリストに取り込まれていて、警察に信用させるために大久保を救出させた。そう疑ってもおかしくない。疑っていないとしたら無能だと言っていいわ」

冴香の言うことはもっともだ。警察が総力を挙げ、国家の威信をかけて捜査しても摑めなかった情報を秀和が持っていたのだ。

「冴香さんの過去も、お兄さんのことも、全てということですか」

来栖が冷静な口調で聞き返した。

「当然よ。岡谷の道場でのことも。そうでなければ、どこかで話の辻褄が合わなくなる。いくら秀和が独自で動くといっても、佐々倉とのつながりは残して、警察情報をうまく利用するべきよ」

「そうなれば、当然、冴香から事情を聴きたいと言うだろうな」

沼田が冴香に顔を向けて言った。

「警察に身柄を取られたら、簡単には外に出してもらえないでしょうね。秀和のメンバーなら取り調べと同様の扱いを受けると思う。警察に付き合うつもりはないわ。私にはやらなければいけないことがある」

冴香がいったん下を向き、右手を胸に当てた。そこは醜い火傷の痕がある。

「兄を追ってコンテナ埠頭からいなくなった。連絡も取れない、とでも言って。大久保を引き渡すときにも顔は見られていない」

「それは無理があるな。佐々倉もそれほど甘くない」

沼田が首を振った。

「全て話しても、冴香さんの身柄を取られることはありません」

来栖が全員の顔を見回して続けた。

「佐々倉氏は、八王子の件でも、秀和が銃を使ったと思っているはずです。そして今回の品川埠頭でも銃を使っています。もしこれが公になったらどうなるでしょう。秀和のメンバーを公式に取り調べるとなったら、一番困るのは佐々倉氏とその上の横光刑事局長です」

佐々倉が使っている秀和が銃の使用という違法行為をはたらいている。結果的に大久保を救出できたといっても、警察庁内で知られたら、佐々倉だけでなく横光刑事局長もただでは済まない。

「佐々倉氏と刑事局長は、自分たちの駒だと思っていた秀和が、思わぬところでアキレス腱になってしまった。ですが秀和を切るわけにもいかない。こうなったら利用できるだけ利用して、自分たちの手柄にするしかない。そういう状況だと思っていいでしょう」

来栖がいつもの冷静な口調で言った。

「来栖さんの言うことはもっともだ。その線でいいと思います。問題はこれからだ。相良や牙が我々を狙っている状況で、下手に動くのも危険だ。どうするかな」

沼田が深刻な表情で言った。

これからの秀和がどう動くか。滝沢はひとつの考えを持っている。難しいかと思い口にしていなかったが、来栖が分析した今の状況を考えると、あながち無理ではないのかもしれない。来栖をはじめ沼田と冴香が賛同するかは微妙なところだ。

「私から一つ提案があります」

滝沢は腹を決めて言った。

## 28

「霧島冴香。元自衛隊の特殊任務部隊だったな」

佐々倉が言った。冷静な口調だが、表情の奥には明らかな怒りが見える。

来栖は、いつもの新橋のホテルの一室で、小さな丸テーブルを挟んで佐々倉と向かい合っている。

佐々倉が指定したのは午前八時だった。来栖は滝沢の運転する車で、約束の三十分前にホテルに入った。

「これまでずいぶんと隠し事をしていたということか」

「申し訳ありません」

来栖は、これまでの秀和の行動について全て伝えた。テロリストとみられる集団が武神私塾と名乗っていることも、冴香の父のことも、そして冴香が兄と思っていた霧島龍矢が、武神私塾の殺人マシーンになっていることも。唯一、ボールドイーグルと共闘していることは口にしなかった。

「岡谷でそんなことがあったとはな。なぜ事前に報告しなかった」

「霧島冴香を守るためです。あなたに伝えて警察が動くことになれば、情報が漏れ、武神私塾の連中が彼女を連れて姿を消すおそれがありました。あるいは警察が動くと知った時点で殺害する可能性もありました」

佐々倉が何か言いかけて目を瞑った。警察庁内部にテロ集団のメンバーがいる。それはすでに否定できない状況になっている。

「大久保議員の救出について、上にはどう報告されているのですか」

「きみがそれを知る必要はない」

目を開き冷たく言った。

来栖はじっと佐々倉の目を見つめ返した。

佐々倉が小さく息を吐いた。

「捜査過程で情報が入り、現場の確認に向かったところ、大久保議員がいることが確認できた。現場の判断で建物に入り救出。そんなところだ」

「秀和の存在は明らかにしていないということですね」

「不満か」

佐々倉がわずかに目を細めた。

「自分たちのやってきたことが、わかっているのか。八王子でもそうだった。犯人を捕らえるためなら、法を犯すことが許されるとでも思っているのか」

「あなたからの依頼に応えるためには、命を守る道具が必要です。あなたはそういう依頼を我々にしている。その認識をお持ちでないのは残念です」

「ふざけるな」

佐々倉が低くうなるような声で言った。

「これがマスコミに知られたらどうなると思っているんだ」

「マスコミに知られなくても、警察庁内、特に警備局に知られたら大ごとになるのではないですか」

「私を脅しているつもりか」

佐々倉の目が冷たく光った。

「そんなつもりはありません。私が全てをお話ししたのは、提案があるからです」

来栖の言葉に佐々倉は疑わしそうな顔を向けてきた。

「武神私塾は、岡谷で霧島冴香を取り返されたうえに、命を落とした塾生もいるかもしれません。品川も同じです。秀和を許すことはできないはずです。何よりも霧島一刀の娘、冴香の命を狙っています。相良は責任を問われているだけでなく、組織の中での地位を守るため、必死になって秀和を、そして霧島冴香を捜しているはずです」

「何が言いたいんだ」

口調に焦りと怒りが現れている。

「秀和が囮になり、相良をおびき出します」

昨日、滝沢が提案してきたことだ。沼田と冴香を含め、かなり突っ込んで話し合った。最終的に秀和の考えとして佐々倉に提案することを決めた。

「警察に秀和の警護をさせるつもりか」

「相良や塾生を逮捕するための駒として秀和を使ってください。そう申し上げているつもりです」

佐々倉が目を逸らして考え込んだ。それほど時間はかからなかった。

「きみらの目的はなんだ」

顔を向けて訊いてきた。

「テロリスト集団、武神私塾の壊滅です。国民の生命、安全を守る。警察官僚を辞めた今も、その気持ちは変わりません。かつて警察組織や自衛隊にいた秀和のメンバーも同じ考えです」

力まず当たり前のこととして、思った通りを言った。

佐々倉が再び考え込んだ。

「私一人の判断で決められることではない。きみはどういう方法を考えているのだ」

口調から怒りが消えているが、秀和に対する疑いは持ち続けている。

「そちらの作戦に全面的に乗り、全ての指示に従います」

「どうやって相良たちをおびき出す」

「警察内部で情報源としての秀和の存在を明らかにしたうえで、動きを報告という形で幹部に伝えてください」

「そうすれば情報は武神私塾に届くということか」

その言葉には返事をせず佐々倉の目を見つめた。

警察庁にいる私塾のメンバーから情報が漏れることを逆手に取った作戦だ。

佐々倉が顔を天井に向け、じっと考え込んでいる。

「これだけの態勢で動いているのに、テロリストのしっぽさえ摑めない。捜査員がとってきた情報をもとに捜査対象を絞っても、全部空振りだ。警察の動きは全て奴らに筒抜けになっていると思うしかない」

だから囮作戦が成り立つ。

「上が乗って来るか疑問だし、方法もかなり難しい。だがやる価値はありそうだ。結論が出たら連絡する」

佐々倉が腰を上げドアに向かった。ドアノブに手をかけたところで動きを止め、振り返った。

「来栖、秀和は私が思っていたのとは全く違う存在になってしまったな」

佐々倉が言って目を逸らした。

「きみ自身もだ」

小さく言うと、来栖とは目を合わさないままドアを開き出ていった。

来栖は、しばらくその場に立ったままドアを見つめた。

来栖も秀和がこんな形で事件に関わるとは思っていなかった。警察組織の中に残っていたらどうなっていたか。事件の解決に向けて必死になるのはもちろんだが、佐々倉の下で横光刑事局長を警察庁長官にすることを常に意識して動いていただろう。

そして沼田や滝沢は、警察官僚の思惑に振り回されながら、それでも足を棒にして捜査を続けていただろう。翔太も同じことだ。冴香だけはどうなっていたか想像がつかない。一つだけ間違いなく言えるのは、秀和に出会えたことは彼女にとって良かったということだ。

この事件に関わった時に、秀和は完全に法律の外に出た。それでも我々には守るべき、そして信じる正義がある。

沼田、滝沢、冴香、翔太の顔を頭に浮かべた。素晴らしい仲間に巡り合えた。

窓の外に目を向けた。通勤時間だというのに、街を行く人の数は目に見えて少ない。ビルの上に広がる空は眩《まぶ》しいほど青かった。

## 29

事務所に戻った来栖が、佐々倉との話の内容を説明している。

滝沢は、帰りの車の中で大筋は聞いていた。

沼田と冴香はソファーに座り、黙って来栖の話を聞いている。翔太はパソコンを置いたブースの前で、こちらを向いて立っている。滝沢が声をかけてもソファーに座ろうとはしなかった。

「佐々倉氏自身は、この作戦に乗り気だと感じました。刑事局長が決断すれば、佐々倉氏の指示で特別チームを組んで対応するということになるでしょう。このチームの動きは決して他には漏らさないようにしてです」

冴香が顔を向けてきた。

「警察の中でそんなことができるの」

「捜査一課長が信用できるなら、特別チームを組むことは可能だ。何人かを今の捜査から外して当たらせる。彼らが何をするかは秘密のままでだ。捜査員を削られた班から不満は出るかもしれないが、命令であればそれに従う。それが警察組織だ」

滝沢の答えに冴香が頷いた。自衛隊にいた冴香には理解しやすい話のはずだ。

「警察の上層部に武神私塾のメンバーがいることを前提にするというのも、皮肉というか情けない話だな」

沼田が言って小さく首を振った。

「今は佐々倉氏からの連絡を待つしかありません」

来栖が三人の顔を見回して言った。

翔太がパソコンのブースに戻っていった。

誰も口を開かないまま十分ほどがたった。

翔太がノートパソコンを持ってブースから出てきた。

「何か見つかったのか」

滝沢が声をかけると翔太はソファーに座り、テーブルにパソコンを置いた。

「ネットは大騒ぎになっているよ」

パソコンの画面をみんなに見えるように置きなおし、指でカーソルを動かしクリックした。

画面に大久保の上半身の映像が映し出された。スーツにネクタイを締めてカメラを真っ直ぐ見ている。政見放送のような映像だ。大久保が話し始めた。

「私はこれまでテロリストを卑怯者の集まりだと言ってきました。それは間違いでした。彼らは私を誘拐したのではなく、話を聞いてほしいと紳士的に接触してきました。そしてじっくりと彼らの話を聞きました。彼らの言うことはいちいち納得のいくものでした。今の日本は、いや今の日本の政治は腐りきっている。このままでは、日本はアメリカの属国、物乞いの立場でいるか、アメリカに見放されて他の国に支配されるか。どちらかの道を歩むようになります」

大久保の表情は硬いままだが、口調ははっきりしている。

大久保は、政府の外交、防衛、さらに経済政策についての批判を次々に口にした。そして日本国民自身が目を覚まさなければいけないと続けた。

「新宿と渋谷で起きた爆発事件は、彼らが本気であることを国民に知らしめ、真剣に耳を傾けさせ、考えさせるためのものでした。私は二件の爆発事件は、国民の目を覚まさせるために必要なものだったと、今は確信しています」

大久保はいったん言葉を切った。

「ここで一回編集されている」

翔太が言った。同じ画角なので見ただけではわからなかった。

大久保が再び話し始めた。

「爆弾はまだあちこちで爆発します。ここから先は、国民を傷つけるためではなく、警察や政府がいかに無能かを国民の皆さんに知っていただくためのものです」

大久保の話はここで終わった。

「ネットでは、すごい数のやり取りがされているよ。大久保が脅されて言っているのは、誰でもわかる。そのうえで、たとえ脅されても政治家がこんなこと言うか。犠牲者や遺族を何だと思っているんだ。そんな当たり前の声が主流。他には、これを話したところで何の影響もない。殺されるくらいなら、言われた通り話すだろう。そんな声も多い。でも一番多い反応はなんだかわかるかな」

翔太がみんなを見回して言った。

「最後の部分ですか」

来栖が答えた。

「正解。警察と政府が無能だという指摘は正しい。そんな声が一番盛り上がっている」

「武神私塾の思惑通りの反応ということですね」

来栖が言ってテレビのスイッチを入れた。各局、午前中のワイドショーの時間だが、今のところ取り上げている局は見当たらない。おそらく扱い方を慎重に検討しているのだろう。

滝沢は品川埠頭のビルで見た大久保の姿を頭に浮かべた。武神私塾は大久保の心を恐怖で支配し、さらに何かをさせるつもりだったのは間違いない。

「これをしゃべらせるなら、加世田議員の方が効果的でしょうね」

来栖がテレビのボリュームを下げながら言った。

「それもネットで話題になってる。加世田が拒否して殺されてたら大久保やばいな。そんな感じだ。かわいそうだけど政治家としては終わりだね」

「この動画から発信元は特定できないの」

冴香が翔太に顔を向けて訊いた。

「できないわけじゃないけど、複数の海外のサーバーを経由して発信していたら難しいね。特にサイバー犯罪条約を結んでいない国のサーバーを利用していたら、捜査の協力を得るまでにかなりの時間がかかるし、協力を得られないケースもある。それに僕が見つけたのはネットウォッチャーが拡散したものだった。元の動画を捜したけど、どこにも見当たらなかった。いったん拡散し始めたら、勝手にネズミ算式に増えていくから、元の動画を晒しておく必要はないんだ」

「気になるのは、爆発はまだ起きると言っていることだな。本当なのか脅しなのか」

沼田が滝沢に顔を向けて続けた。

「次に爆弾テロで犠牲者が出るようなことがあったら、警察の威信は地に落ちる。国民から見放されると言ってもいい」

「政府への批判も大きくなるはずです。すでに経済活動にも影響が出始めています。現政権が吹っ飛ぶこともあり得ます」

来栖が言った。

前回の衆院選からすでに三年半がたっている。この状態のまま任期切れで選挙を迎えたら、現政権というより与党全体が総崩れするだろう。この問題を解決できる別の党があるとは思えないが、国民が現政権にノーを突きつけるのは間違いない。

「警察は相当に焦っているはずだ。少しでも可能性のある囮作戦に乗ってくる確率は高いのかもしれないな」

沼田が誰とも目を合わさずに言った。

もし乗ってくるとして、どういう方法をとるのだろう。一般市民が大勢いるところで、武神私塾と対峙するのはリスクが高い。相良や塾生を逮捕できたとしても、市民に犠牲が出たのでは、さらに批判の的になる。

考えても仕方がない。今は警察の出方次第だ。滝沢はソファーに背中を預けて目を閉じた。

# 30

大久保の動画がネットに上がって一日たち、ニュース番組やワイドショーはこの話題一色になった。

どの局も方針は同じだ。大久保の発言の一部始終をそのまま伝えている。恣意的に切り取って放送していると批判されるのを避けるため、一度は全て伝えたという形をとっているのだろう。

番組では司会者がネット上の批判の声だけでなく、擁護の声も伝える。そしてスタジオのコメンテーターと呼ばれる連中の出番になる。大久保議員は脅されて話していることは間違いない、と何度も繰り返し、それでもこの内容は、と続く。どの番組も絵に描いたように同じ構成だった。

さらに大久保が言った、爆発はまだ起きる、という部分について専門家を名乗るゲストが様々な予想を話す。どんな肩書があってもしょせんは想像にすぎない。そしていまだに行方のわからない加世田のことを心配し、批判の矛先は警察に向けられる。

今までと違うのは、スタジオに政治家の姿がないことだ。政治家が尻込みしているのか、放送局が気を使っているのかはわからない。

まもなく正午になる。そろそろ警察上層部が結論を出すはずだ。全員がソファーに顔を揃え、佐々倉からの連絡を待っている。

来栖の上着の内ポケットでスマホが震えた。全員の目が来栖に向いた。

来栖がいったんスマホに目を向けてから、みんなに頷き返した。

立ち上がると、スマホを耳に当てて自分のデスクに戻った。黙って相手の話を聞きながら、メモを取っている。

電話のやり取りは十分ほど続いた。スマホを胸ポケットにしまい来栖がソファーに戻ってきた。

「佐々倉氏は乗ってきました」

来栖がいつになく緊張した面持ちで言った。沼田と冴香の表情も瞬時に引き締まった。翔太は来栖の言葉と同時に下を向いた。

「やり方について、何か言ってきましたか」

沼田が訊いた。

「警察庁内での極秘情報として、秀和の動きをある程度の範囲の幹部にわかるようにするそうです。そのうえで捜査一課の選《え》りすぐりを周辺に潜ませます。場所は現在検討しているそうです。ただ、捜査から外せるのは一日が限界だと言っていました」

今は全ての捜査員が、明確に役割を分担して動いているはずだ。しかも人手はいくらあっても足りるということはない。

「一課長は佐々倉と信頼関係があるということですか」

沼田が来栖に訊いた。

「佐々倉氏は、将来一課長になる可能性のある人間とは、早い段階からつながりを作っていました。その中でも今の国山一課長とのつながりは深いはずです」

捜査一課長はノンキャリアの最高峰のポストで階級は警視正だ。現場を熟知した捜査のベテランであり、並外れた捜査指揮能力が認められなければ、そのポストにはつけない。さらに捜査一課の一癖も二癖もある刑事たちを束ねる人間性も求められる。

滝沢が捜査一課にいたとき、国山は他の部署に移っていたので一緒に仕事をしたことはなかったが、その頃から将来の捜査一課長とささやかれていた。

刑事局で影響力を持とうと思ったら、捜査一課長とのつながりは欠かせない。佐々倉はそういう人間をしっかり見極め押さえているということだ。だが一課長の上司に当たる警視庁の刑事部長はキャリア組だ。いくら刑事部門のトップである刑事局長が方針を決めても、刑事部長の頭越しに話を進めることはできないだろう。その辺りが、今回の作戦の成否を握っている。

「佐々倉は秀和の行動情報を伝える範囲については、何か言っていましたか」

沼田が訊いた。

「はっきりとは言いませんでしたが、警備、公安には伝えないと思います。刑事局長で止めているか、局長が長官に直接話をして、刑事局長の責任で行う。そんなことも考えられる口ぶりでした」

横光刑事局長も腹を括って、ここを勝負どころと踏んだのかもしれない。

「佐々倉は、これで警察庁内にいる武神私塾の一員をあぶり出したいと考えているのでしょうね」

沼田が来栖に顔を向けて言った。

「もしかすると、ある程度の当たりはつけているのかもしれません」

そうやって仲間に疑いを持つことで、疑心暗鬼が生まれ、捜査の妨げになる。武神私塾の思惑通りになっているということだ。

警察庁内のことまで考えても意味がないのは、誰もがわかっている。自分たちができることをやる。組織の外にいても基本はそれだけだ。

## 31

午後十時を三十分ほど過ぎた。

滝沢は、翔太が運転する車の助手席に座り、冴香は後ろの席に座っている。今回は翔太が、運転させてくれと言ってきた。少し悩んだが、二人を降ろしたらすぐに現場を離れて事務所に戻ることを条件に、頼むことにした。

明治通りを新宿に向かっている。渋谷、原宿と進んでいくが、街を走る車も人の姿も極端に少ない。ネットでの大久保の発言が影響しているのは明らかだ。

佐々倉からの作戦の指示は夕方にあった。午後十一時に、滝沢と冴香が新宿御苑で情報提供者に会う。現段階で秀和は協力関係にあるので、行動確認などはせず泳がせておく。秀和に張りつかせる人員の確保も難しいという実情もある。この情報を警察庁の幹部職員の耳に入るようにした。新宿御苑には事前に捜査一課の刑事を潜ませておくことになっている。

事務所を出る前に地図で御苑内を確認した。東西が約一・二キロ、南北は七百メートルほどだ。新宿の一等地にあるとは思えないほどの広さがある。夕方には閉門するので、この時間に一般人はいない。周囲に建物はあるが、ほとんどが事務所などが入るビルで、夜中になれば人がいなくなるだろう。いたとしても窓を閉めていたら少々の騒ぎには気づかない。すぐ近くを首都高速道路やＪＲが通っているのだ。情報提供者と人目につかずに会うというのは悪くない設定だ。

御苑内の地図は頭に叩き込んだ。情報提供者と会うのは、楽羽亭《らくうてい》という茶室のある建物の脇ということになっている。

明治通りを進み、代々木駅の手前で右に曲がった。小学校の脇を通って新宿御苑に突き当たった。御苑の反対側には道路を挟んでビルが並んでいる。道路は一方通行で、車がすれ違うのは難しい広さだ。人通りはない。ビルの窓にも明かりはほとんどない。翔太が車を停めた。御苑は高さが二メートル半ほどの先の尖った金属製の柵で囲われている。

「車の屋根に乗れば越えられる」

中に入るのは滝沢と冴香の二人だ。

「翔太、俺たちが中に入ったらすぐにここを離れるんだ。何があるかわからない。真っ直ぐ事務所に戻ってくれ」

尾行の有無については、改めて言わなくても翔太なら大丈夫だ。

「わかった。滝さん、俺……」

「気にするな。ここまで連れてきてくれただけで十分だ」

滝沢は翔太に言って、シートの下の収納ケースから、シグ・ザウエルを取り出した。

ジャンパーを持ち上げてズボンに挿し、もう一丁を冴香に渡した。

車を降り、周囲を警戒したうえでボンネットから屋根に上がり、素早く柵の先端近くを摑み敷地に飛び降りた。湿った土の上に着地すると身体を低くした。冴香もほぼ同時に入ってきた。翔太の車が離れていった。

辺りは周辺の街灯の明かりが届いているが、この先は林が続き、暗闇が広がっている。ここから楽羽亭までは直線距離で三百メートルほどだ。冴香と顔を合わせて頷き歩き始めた。滝沢は黒のパンツに黒のジャンパー、冴香は黒のライダースジャケットに黒のパンツだ。

風が少しある。もう十月も終わりに近づき、この時間になると肌寒さを感じる。

歩き始めてすぐに林の中を縫う遊歩道にぶつかった。遊歩道を横切って再び林の中に入り、左に進んだ。楽羽亭までの距離は長くなるが、目立たないように行くにはこのルートが一番確実だった。

しばらく歩くと右手に池が見えた。この池に沿って回り込めば楽羽亭に着く。周辺に刑事が何人か潜んでいるはずだ。おそらく遠巻きに様子を見ているのだろう。情報がうまく武神私塾に伝わっていれば、相良たちも滝沢と冴香が来るのを息をひそめて待っているはずだ。ここまできたら空振りにならないことを祈るしかない。

林の暗闇の中に楽羽亭が見えた。中が茶室になっている和風の平屋だ。建物の正面から幅五メートルほどの庭を挟んで、丈の低い生垣がある。その向こうは砂利がひかれた遊歩道だ。今、滝沢たちがいる建物の後ろと東側は密集した樹木が建物の近くまで迫っている。人の気配は感じられない。ここからは身体を隠す必要はない。

立ち上がり遊歩道を歩いて楽羽亭に向かった。建物の脇の林に近い位置で立ち止まった。楽羽亭の建物から一メートルほどの位置だ。

周囲に気を配りながら、動きを待った。林の向こうには新宿駅周辺のビルが見える。駅までは一キロもないが、御苑の中は、不気味なほどの静けさだ。

「滝さん」

冴香が小声で言った。滝沢も気づいていた。左手の林の中に人の気配があった。

「動くな。動いたら撃つ」

林の中から声がかかった。

引っかかった。警察庁の内部にいる武神私塾のメンバーはしっかりと情報を掴み、私塾に連絡したようだ。御苑内にいる刑事たちは気づいているはずだ。あとはこいつらを取り囲み制圧する。

林の中から黒ずくめの男たちが出てきた。ゆっくり近づき、五メートルほどの距離を置いて止まった。

確認できるだけで六人。中央にいるのは、やはり相良だ。相良を含めた四人は黒のジャンパーに黒のパンツ姿だ。左端のダークスーツを着た二人が銃を構えている。

「両手を上げるんだ」

相良が言った。

素直に従った。警察の動きはどうなっているのか。周囲に人の気配はない。

冴香が鋭い声と同時に体当たりをしてきた。吹っ飛ばされるように滝沢は地面に倒れた。

「危ない」

同時に黒い影が滝沢がいた場所に降り立ち、そのまま冴香に飛びかかった。

冴香が素早く前蹴りを放った。黒い影は半身になって蹴りをよけ冴香に突っ込んでいった。冴香が横に跳んだ。

何が起きているのかわからなかった。

冴香と黒い影が向かい合って動きを止めた。

「きさま、何をやっている」

相良が怒鳴った。黒い影が一歩跳び退いた。

滝沢は起き上がり冴香の隣に立った。

牙だ。右手に持ったナイフをこちらに向けている。刃渡りは三十センチ以上ある。

「なぜお前がここに来た」

相良が低く響く声をかけた。

スーツの男の銃は滝沢たちと牙に向けられている。

「手前《てめえ》の庭でいいようにやられちまった負け犬には、荷が重すぎるそうだ」

牙が滝沢たちから目を離さずに言った。

「その二人は私が連れて行く。どくんだ」

相良が怒りを含んだ声で言った。

「だめだ。こいつらは、俺がここで殺す」

相良がスーツの男に顔を向けて顎をしゃくった。

男が引き金を引いた。銃声と同時に牙が跳んだ。

滝沢は冴香に素早く目で合図をして走った。建物に沿って走り裏手の林に飛び込んだ。私塾の連中が追いかけてくる。

身体を低くして林の中を走った。しばらく進み、大きな木の陰に身を隠してシグ・ザウエルを取り出し握った。冴香はすでにシグを手にしている。

「何があったんだ」

「屋根から飛び降りてきた」

冴香が周囲を見回しながら言った。

牙は楽羽亭の屋根の上で二人が来るのを待っていた。冴香が気づくのが一瞬でも遅かったら、滝沢は牙のナイフの餌食《えじき》になっていた。

「相良と一緒にいたのは、道場の連中だろうな」

滝沢が声をかけると、冴香は少し間を置いて答えた。

「相良の周りの三人はそうだと思う。銃を持っていた二人は、道場にいた人間のような不気味さは感じなかったわ」

道場生以外の私塾のメンバーの中から、銃の扱いに慣れた二人を連れてきたということだろうか。滝沢たちが銃を持っていることは、相良もわかっている。

牙が相良に向けて放った言葉を聞く限り、私塾は牙を使って滝沢たちを消すつもりでいる。一方、相良は二人を連れ去り、じっくり復讐をするつもりなのか、聞き出したいことがあるのだろう。

私塾の中枢と相良や牙の関係がどうなっているのかはわからないが、この闇の中に相良たちだけでなく牙がいる。それが現実だ。

「警察はどうしたのかしら」

冴香が落ち着いた声で言った。

「わからん」

この状況で姿を現さないのは、何かあったとしか考えられない。

「いずれにしても、奴らと戦う必要はない。走り回ってどこかから外に出よう」

「了解」

外に出るとしても、入ってきたような場所では柵を越えるのは容易ではない。閉門後に簡単に中に入れないようになっている。つまり出ることも簡単ではないということだ。とにかく今は御苑の広さを活かして、相良たちや牙から離れることだ。

懐中電灯の明かりが見える。まだかなり距離はある。

御苑の地図を頭に浮かべた。林の中を進めば、新宿門に着く。楽羽亭からはだいぶ離れたので、ここからだと四百メートル以上はある。新宿門は甲州街道に面している。新宿駅にも近い。街中に出れば相良たちも無茶はできないだろう。柵もあまり高くないと翔太から聞いている。

「いくぞ」

冴香に声をかけて立ち上がった。

微かな気配が肌を打った。反射的に冴香を突き飛ばし横に跳んだ。黒い塊が風のように脇を通り過ぎた。同時に左の腿に痛みが走り地面に膝をついた。

シグを握り辺りを見回したが暗い林の中に人影は確認できない。

やはり牙は刃物だけで向かってくるつもりだ。牙が銃を持っていたら、とっくに命はなくなっていた。

「滝さん、傷は」

シグを手にした冴香が四方に目を配りながら言った。

「大丈夫だ」

太腿からは、かなり出血している。シグを置き、素早くハンカチを取り出し太腿の上にきつく巻いた。しばらくなら何とかなりそうだが、どれだけ走り回れるかは不安が残る。

地面を擦るような音が聞こえた。

シグを向けた。冴香が逆の方に踏み出した。空気を切る刃音と同時に冴香が右に跳んだ。闇の中に牙の姿があった。五メートルほど先だ。

滝沢はシグを向けた。牙が冴香を楯にする位置に回った。

冴香が両腕を胸の前に上げた構えで牙に近づいた。銃は手にしていない。銃声で相良たちが集まってきたら、手も足も出ない。そう考えているのだろう。だが今は目の前の牙を何とかするしかない。

「冴香、どけ」

滝沢はシグを構えて冴香の背中に声をかけた。同時に冴香が一歩踏み込んだ。牙が素早く間合いを詰めて冴香の顎に向けて下から切り上げた。冴香が上体を反らして避けた。右、左、牙のナイフが冴香に襲いかかる。冴香は素早く動きナイフを避けている。攻撃には移れない。二人の身体が目まぐるしく動き交錯するので、シグの引き金を引くことができなかった。

一瞬、二人の動きが止まり対峙した。すぐに牙が飛び出しナイフを真横に走らせた。冴香は身体を反らせて避けると、二閃目が来るのと同時に思い切り踏み出した。牙の懐に飛び込み刃物を持った牙の右腕の肱の辺りを左腕でブロックした。冴香の右手が伸び、牙がのけ反るように後ろに跳び仰向けに倒れた。冴香が踏み出すより早く牙が身体を回転させ跳ね起き、暗闇の中に消えていった。

「滝さん」

冴香が近づいてきた。

「すまん。援護できなかった。牙はどうした」

「掌底が入るのと同時に後ろに跳んで衝撃を殺した。でも肋骨は折れている。それより歩ける?」

「何とかなる」

言って立ち上がったが痛みは激しい。

警察は来なかった。佐々倉がなんの連絡もなしに作戦を中止するとは思えない。直前で何か不測の事態が起きたのだろうが、今それを考えてもしょうがない。

後ろから懐中電灯の光が近づいてきた。しばらく進んで立ち止まった。痛みだけではなく足の感覚がなくなってきた。無理やり足を踏み出したが膝が折れて腰を落とした。

「私が走り回って、あいつらを引きつける。その間にどうにかして外に出て」

「だめだ。一緒に──」

滝沢の言葉が終わる前に冴香が走り出した。

「いたぞ」

声が上がり足音が冴香を追いかけていく。

滝沢は木に手をかけて立ち上がった。冴香を残していくわけにはいかない。いくら御苑が広いと言っても、いずれ追い詰められる。太腿を縛ったハンカチをもう一度きつく締めなおし、シグを手に歩き始めた。

冴香が向かったのは新宿門とは逆の方角だった。足を引きずりながら、冴香の後を追った。

銃声が聞こえた。御苑の中央方向から。一発だけだ。冴香が撃ったのか。それとも追い詰められて撃たれたのか。歯を食いしばり林の中を銃声の方向に進んだ。

三十メートルほど先の芝生の上に、私塾の男たちがこちらに背を向けて立っている。暗闇の中でシルエットしか見えないが、九人はいる。先ほどより増えている。

正面の林の中からゆっくり人が姿を現した。

「何をやっているんだ」

林から出てきたのは冴香だ。なぜだ。あの位置関係なら、林の闇の中から相手の姿は見えるはずだ。なぜ撃たない。なぜ銃も構えず身体を晒した。

冴香が相良たちと五メートルほど離れた所で足を止めた。

闇の中で目を凝らした。冴香が出てきた理由がわかった。翔太だ。相良の隣にいるスーツの男が翔太の腕を逆手に取って、こめかみに銃口を当てている。

私塾の他のメンバーが外で見張っていて、現場を離れた翔太を拉致したということだ。車を運転している時の翔太なら、少々の危機は乗り切れる。そう思っていた。こちらが相良たちをおびき出す立場だ。そう考えていたのが油断になった。

歯がみしたくなるような気持ちを抑え、周囲に気を配りながら、林の中を、ゆっくりと相良たちに近づいた。

「滝沢はどうした」

相良が冴香に声をかけた。

「外に出たわ。ここにいる理由はなくなったから」

「ならば、なぜお前も一緒に出なかった。タスクにやられて冷たくなっているのか」

冴香は応えない。

冴香の向こう側の林から人影が出てきた。牙だ。

「この女は俺が殺す。邪魔するな」

牙が冴香に目を向けたまま言って歩み寄った。

相良の隣の男が牙に銃を向けた。

相良がその手を押さえて、牙に向かって進んだ。

「私が相手をしてやる」

相良が静かに言った。

「その女を殺したかったら、私を倒してからに――」

言葉が終わる前に牙が跳んだ。相良に迫りナイフを一閃させた。相良はわずかに上体を反らして避けた。牙が至近距離から振り上げたナイフが空を切った。相良はわずかに身体を動かしただけだ。

牙の攻撃が激しさを増した。左右にステップを繰り返し、あらゆる方向から切りつけている。相良の動きは全く無駄がない。滝沢には、相良がゆっくり動いているようにしか見えない。

牙が後ろに跳び、数歩後ずさって距離を取った。肩が上下している。

「消えろ。今日は見逃してやる」

わずかの間を置いて、牙が突っ込んでいった。同時に右手に持っていたナイフを相良に向かって投げた。相良はナイフを避けたが、わずかに体勢を崩した。間近に迫った牙が身体ごと相良にぶつかっていった。相良はかろうじて身体を開いて牙の体当たりを避けた。牙は左手にナイフを握っている。

二人が向き合った。牙の腕が動くのと同時に相良の回し蹴りが牙の左の首筋に食い込んだ。

牙がナイフを落とし、そのまま両膝をついて倒れた。

牙は全く動かない。相良がうつ伏せに倒れている牙を足でひっくり返した。その身体が跳ね上がった。右手に持ったナイフが相良の腹に突き刺さった。まだナイフを隠し持っていたのだ。

私塾の男たちが走り寄った。一人が相良を抱え起こした。もう一人が倒れている牙に向かって銃を撃った。牙の身体が弾かれたように一瞬背中を浮かせ、動かなくなった。

相良は腹に手を当てているが一人で立てるようだ。牙の執念の一撃だった。

翔太が一人取り残されて立ち尽くしている。

「翔太、走れ。林に飛び込め」

滝沢は大声で翔太に呼びかけた。

翔太がはっとしたように男たちに目を向けてから走り出した。

スーツの男が銃を翔太に向けた。滝沢は躊躇わず片膝立ちの姿勢で銃を持った男に向かって引き金を引いた。

男が身体を回転させながら倒れた。

翔太が飛び込んできた。

翔太に男たちの目が向いている隙に背後の林に走り込んだ冴香も、回り込んで滝沢の所まで戻ってきた。

「滝さん、何か感じない?」

冴香が言うのと同時に、眩しい光が相良たちを照らした。

「動くな。お前たちは包囲されている」

拡声器を使った声が御苑の中に響いた。

楯を持った機動隊員が四方から飛び出してきた。二十メートルほどの距離を取って楯が相良たちを囲んだ。その後ろから制服の警察官や刑事らしい私服の男たちが集まり始めた。

どういうことだ。

「滝沢さんですね」

背後から声がかかった。

素早くシグを向けた。

「撃たないでください。捜一の村山《むらやま》と言います」

黒いブルゾンに黒のパンツ姿の男が両手を上げて現れた。

「私は、ここでテロリストが現れるのを確認する任務を受けています」

村山と名乗った男は四十代後半に見える。滝沢が一課にいたときに顔を合わせたことはない。

「出てくるのが遅すぎないか」

「楽羽亭で奴らが姿を現した時に一課長には連絡しています」

村山が上げていた両手を下ろして言った。

「どういうことだ」

「御苑内に警察がいることがわかると、テロリストが逃走する恐れがありました。だから私はテロリストがいるのを確認して連絡することだけが任務でした」

応援部隊が到着するまでは、じっとしていたということだ。おそらく滝沢たちが殺されても存在を知られるな、と命令されていたのだろう。

「御苑の周りは、蟻《あり》一匹這い出る隙もないほど完璧に包囲されているはずです。私から連絡を受けた一課長が、近辺の署の警察車両を全て御苑に向かわせる手はずになっていました。パトカーだけではなく全ての捜査車両。それに警邏《けいら》中の警察官も各署の刑事も総動員です。全ての逃げ道をなくしてから、テロリストの確保に移る。そういう段取りでした。事前の準備もなく広い御苑を完璧に包囲するのにかかった時間としては、早かったと言っていいでしょうね。機動隊には別の場所を目標に待機命令が出されていました」

村山が落ち着いた声で説明した。一課長から、全てを聞かされているようだ。

秀和の動きを警察内にいる私塾のメンバーの耳に届くようにした後、できるだけ少ない人員で動く必要があった。一課長と佐々倉は、御苑で待機させる刑事、つまり囮作戦を知らせる現場の人間を村山一人にしたということだ。

やはり秀和は捨て駒だった。今さらそれに文句を言うつもりはない。警察にとって千載一遇のチャンスだ。相良たちを絶対に逃さない方法としては間違っていない。

「滝さん」

冴香が声をかけてきた。

冴香の視線を追った。

私塾の男たちは一ヶ所に集まっている。三方向からライトが照らされ、舞台の上でスポットライトを浴びているようだ。

楯を構えた機動隊員がじわじわと輪を縮めている。

相良がスーツの男たちから銃を受け取り両手に持った。

楯の動きが止まった。

相良がスーツの男に銃口を向け引き金を引いた。男が仰向けに倒れた。もう一人のスーツの男が慌てたように数歩後ずさった。相良は躊躇うことなくその男を撃った。

そして星でも見るように顔をあげ、顔を戻すと並んでいる男たち一人一人の顔を見回して頷いた。

銃声が続けざまに響いた。相良が仲間を順番に撃っていった。次々に男たちが倒れていく。逃げる者はいない。

機動隊の楯が走り出した。

相良は最後の一人を撃つと、躊躇わず自分のこめかみに銃口を当て、不敵な笑みを浮かべたまま引き金を引いた。

楯の動きが止まった。

御苑が別の世界のような静寂に包まれた。

「あいつらは、いったい何者なんだ」

村山が茫然とした様子で言った。

「あんたたちが対峙しているのは、ああいう連中だ」

滝沢は機動隊員たちの背中を見ながら言った。相良たちの攻撃を切り抜けられたという安堵《あんど》感は消え、やり場のない虚しさが胸に広がった。

機動隊員たちも目の前で起きたことが信じられないのだろう。血まみれで倒れている男たちを取り囲んだまま、息をひそめたようにじっとしている。

「滝沢さん」

村山が声をかけてきた。落ち着きを取り戻したようだ。

「私には、もう一つ任務があります。あなた方を捜査一課長の元に送り届けることです」

村山が言葉を切って、滝沢が握っているシグ・ザウエルに目を向けた。すぐに視線を滝沢に戻し続けた。

「何も見なかったことにしろ。あなたたちには一切質問はするな。厳命です」

村山が、行きましょう、と言って背中を向けた。

滝沢は冴香の肩を借りて立ち上がった。翔太も黙ってついてくる。

後ろで機動隊員が何かを呼び交わし、慌ただしく動きだす気配があったが、振り返る気にはならなかった。

村山の車に乗って新宿御苑を離れた。車は新宿門の前に駐めてあった。見える範囲だけでもかなりの数の警察車両が御苑の周りに停まっていた。制服、私服を問わず警察官も数メートルおきに立っている。御苑を完全に包囲している。

車はすぐに新宿通りに入り東に進んだ。このまま行けば半蔵門に突き当たり、皇居のお堀沿いに進めば警視庁だ。滝沢にとって足を踏み入れたくない場所だが、黙って従うしかない。二十分もしないで車は警視庁の敷地に入った。

車は庁舎の脇の木立の前のスペースに停まった。

「ここで待っていてください」

村山が言って車を降りた。

ほんの数分後に運転席のドアが開いて、濃紺のスーツを着た男が乗り込んできた。

「滝沢くんだな。国山だ。わざわざ来てもらって、すまなかった」

男が助手席の滝沢に顔を向けて言った。直接顔を合わせるのは初めてだが、テレビで会見の様子は見ている。間違いなく捜査一課長の国山だ。

連日の激務と結果の出ない焦燥のせいだろう。頰がこけ目の下に黒い隈《くま》が浮き出ている。それでも叩き上げでトップまで上り詰めた一課長独特の鋭い眼光には迫力がある。

「どういうご用件でしょうか」

国山の目を見ながら訊いた。今の状況で捜査一課長が自席を離れることなど考えられない。

問いかけには答えず、国山はじっと滝沢に目を向けている。

「どうしてもきみの顔が見たかった」

国山が静かに言った。

返す言葉はない。国山が何を考えているのか皆目わからない。

「きみが警視庁を去った理由は知っている。その後のことも大まかだが、知っているつもりだ」

国山が言葉を切り、わずかの間をおいて続けた。

「君にとっての正義とはなんだ」

口調は穏やかだが、静かな迫力が滝沢を圧倒してくる。

滝沢は、歯を食いしばって、その目を見つめ返した。

「国民の命と平穏な暮らしを理不尽な暴力から守る。今もそれが私たちの正義です」

あえて私たちと言った。

「警察官でもない者が――」

「警察官ではないから」

国山の言葉を遮って言った。

「つまらない意地や思惑に振り回されることがない。誰の足も引っ張る必要がない。だから信じたことができる。そう思っています」

国山がすっと目を逸らし、すぐに視線を戻した。

「日本は法治国家だ。これから先同じようなことがあれば、私はきみたちを放っておくことはできない」

「承知しています」

どちらもそれ以上口は開かず、わずかな時間が過ぎた。

国山が大きく息を吐いて目を逸らした。

「私はもう行かなければならない。きみたちが使っていた車は、この裏に持ってきてある。乗って帰れ」

国山が言って車を降りた。

「滝さん、どういうこと」

冴香が後ろの席から身を乗り出して言った。

「警告かな」

滝沢は短く答えた。だが心の中では別のことを考えていた。国山は、佐々倉と近い関係にある。刑事局長と警備局長の長官レースのことも承知しているはずだ。現場のトップとして、どうしようもない葛藤を抱えている。秀和の動きも、ある程度聞かされているのだろう。本心から秀和のメンバーの顔が見たかったのかもしれない。

ままだった。

冴香に促されて車を降りると、すぐそばに翔太の車が駐まっていた。キーは付いたままだった。

冴香が運転席に乗り、滝沢は翔太と並んで後部座席に腰を下ろした。腿の傷が疼き始めた。

「滝さん、傷の手当てをしないと」

冴香の言葉に頷きスマホを取り出した。情報屋の角田を通じて、大久保の闇医者を叩き起こして治療をしてもらう。いくら取られるかわからないが、今はそれが一番手っ取り早い。

「冴香、大久保に向かってくれ。来栖さんには俺から伝える」

「了解」

冴香が答えた。

翔太は黙ったまま窓の外に目をやっている。

## 32

渋谷の事務所に戻ったのは、午前二時過ぎになった。

大久保の闇医者は、夜中に叩き起こされたことに、ぶつぶつ文句を言いながら、それでもしっかりと消毒し傷を縫い合わせ、痛み止めと化膿止めの薬もくれた。思った通り法外な治療費を請求されたが、素直に支払うと、おまけだと言ってアルミ製の松葉杖を差し出してきた。

「傷は大丈夫なのか」

沼田が訊いてきた。

「処置はしたので大丈夫です。それより……」

事務所で落ち着くと、足の傷より、目の前で繰り広げられた惨劇のショックの方が尾を引いている。冴香や翔太もそうだろう。

滝沢はソファーに冴香と並んで座っている。正面には沼田が座り、来栖はいつもの位置だ。翔太は事務所に戻ると、何も言わずに部屋に入っていった。

新宿御苑で起きたことは、電話で来栖に伝えてある。

「翔太には悪いことをしてしまいました」

滝沢は、心底そう思っていた。

「無事に帰ってこられたんだ。それでよしとしよう」

沼田が慰めるような口調で言った。

「それにしても、佐々倉はずいぶん冷淡な作戦を考えたものだな」

「下手をしたら、三人とも命を落としていたわ」

冴香の口調は静かだが、明らかに怒りを含んでいる。

「佐々倉には連絡が取れましたか」

「今は話をする時間がない、と言って電話を切られました。会見の準備もあるのだと思いますが、それだけではないような切迫した感じがありました」

「後ろめたいんじゃない」

冴香が吐き捨てるように言った。

「始まりましたね」

来栖がテレビのリモコンを手に取り、ボリュームを上げた。特設ニュースだ。

スタジオのアナウンサーのワンショットが映っている。

字幕のニュースタイトルが出た。

「どういうことだ」

滝沢は思わず声をあげた。

字幕は「加世田衆院議員を保護　病院へ搬送　警視庁」となっている。

アナウンサーが原稿を読み始めた。

昨夜遅く、新宿区内の路上に停まっている車の中に加世田議員が一人でいるのを、警邏中の警察官が見つけた。意識が混濁した状態だったので、すぐに救急車を呼び病院に搬送した。そういう内容だった。

「思わぬ副産物があったということか」

佐々倉が切迫した様子だったというのも、これで頷ける。

ニュースの映像が新宿御苑の空撮に変わり、御苑内で起きた事件を報じ始めた。

新宿御苑にテロリストが集まっているという情報を元に、警察が駆けつけ包囲したところ、一人が他の男たちを拳銃で次々と撃ち、最後に自殺を遂げた、というのが大まかな筋だ。私塾の男にとどめを刺された牙については触れていない。警察の報道発表はそこまで詳しく出していないのだろう。だが、これだけでも事件の異様さは十分に伝わってくる。

空撮の映像の新宿御苑は、数ヶ所に設置したサーチライトに照らされている。大勢の警察官が出て、御苑内にテロリストが残っていないか、徹底的に捜索しているのだろう。御苑の周りは、パトカーの赤色灯で囲まれている。

一網打尽にできるはずのテロリストを、目の前で死亡させてしまったのは失態と言われてもしかたがない。テロリストたちが、誰も想像できない行動をとったといってもだ。

加世田を無事保護できたのは大きいが、事件の解決にとっては、テロリストの身柄を確保できなかった方が痛手だろう。当然、世間の反応もそこに集中するはずだ。

テレビの画面が病院前からの中継に変わった。新宿から近い有名な総合病院だ。この段階で警察が入院先を発表することはない。マスコミ各社が独自のルートで割り出し、駆けつけたのだろう。こうした取材力は大したものだといつも感心する。

女性のリポーターがマイクを手にしている姿が映し出された。

「新しい情報です。先ほど、加世田議員の秘書と病院の事務局長がこちらに出てきました。二人によると、加世田議員は意識が戻り、本人の強い希望で今日の午前中から警察の聴取に応じるということです。ただし骨折や全身の打撲、精神的な疲労などがあるので、医師の許可が必要だとしています。さらに警察の聴取が終わった後に、病院内で記者会見を行うことを検討しているということです」

リポーターは興奮した様子で同じ内容を繰り返している。画面がＶＴＲに変わり、取材陣に囲まれるスーツ姿の二人の男性が映っている。加世田の秘書と病院の事務局長なのだろう。

「おや」

沼田が画面を見ながら小さな声をあげた。

「知り合いですか」

「現役時代、この事務局長と関わりがあった」

沼田が画面に目を向けたまま続けた。

「この病院は、ご存じの通り医療レベルは国内トップクラスで、セキュリティもしっかりしている。そして以前から、不祥事やスキャンダルで都合が悪くなった政治家が、マスコミや野党の追及を逃れるために入院することがある。加世田は救急搬送されたから選んだわけじゃないだろうが、結果的にはいい病院に入った」

公安の刑事だった沼田が関わったということは、事務局長を通じて、そうした政治家の情報を取っていたということだろうか。

「直接、情報を取る相手じゃなかった」

沼田が滝沢の考えていることを察したように言った。

「病院の事務局に過激思想の左翼グループの一員がいた。そいつが事務局長の弱みを握り、それをネタにして入院している政治家や財界人の情報を取っていた。俺は、それを知ったので、事務局長の協力を得てその男を排除した。表沙汰にはしていないので結果的に事務局長を救ったことになった」

沼田が現役時代の仕事の話をするのは珍しい。

「今も付き合いはあるの？」

冴香が沼田に顔を向けて訊いた。

「警察を辞めてからも、何度か会っている。なかなか面白い男でね。仕事抜きの付き合いだ。最後に会ったのは一年ほど前だった。その時、もうすぐ退職すると言っていたが、まだいたようだ」

「そう」

冴香が言ってテレビ画面に目を向けた。病院の事務局長に何か引っかかるものがあるのだろうか。

「悪いけど、疲れたので先に休ませてもらうわ」

冴香が言って立ち上がり、いつも使っている部屋に入っていった。

やはり様子が変だ。気になったが、必要なら冴香がちゃんと話をするはずだ。

「滝、お前も休め。まだ何も解決しちゃいないんだ。これからどう動くかは、明日、改めて話をしよう」

沼田が声をかけてきた。

素直に従うことにした。激しい一日だった。だが沼田が言う通り、まだ何も解決していない。

滝沢は、改めて武神私塾との戦いの困難さをかみしめた。

33

目が覚め腕時計を見ると、すでに正午を過ぎていた。

滝沢は、ベッドから出ると、軽く左足を持ち上げた。痛みはだいぶ和らいでいる。

窓辺に歩み寄り、カーテンを開けた。八階の窓から見える渋谷の街はやはり人通りが少ない。昨日は一歩間違えれば、冴香や翔太と一緒に新宿御苑で命を落とすところだった。

新宿駅東口駅前広場で最初の爆弾テロが起きてから、一ヶ月近くたっている。この間、何度命の危険にさらされただろう。腹を括ったつもりでも、恐怖はぬぐいきれない。

窓越しに風の音が聞こえてくる。今日はかなり風が強いようだ。

部屋を出て事務室にしているリビングに入った。

「おはようございます」

来栖が自席から声をかけてきた。

「すみませんでした。すっかり休ませてもらいました」

滝沢は来栖に頭を下げ、ソファーに腰を下ろした。

昨夜は、来栖と沼田がソファーで横になり、滝沢は、ふだん来栖が使っている部屋を使わせてもらった。冴香はいつもの部屋だ。翔太はもう一つの部屋に入ったままのようだ。

来栖が、自分のデスクを離れ、滝沢の正面に腰を下ろした。

「沼田さんはどうしました」

「冴香さんと出かけました」

この状況で出かけるというのは、何かあったのだろうか。

「けさ八時頃でした。冴香さんが起きてきて、沼田さんに相談があると声をかけました。しばらく二人で話をして、沼田さんが私の席に来て、冴香さんと出かける。まだみんなに報告できる段階ではないので、何も訊かないでくれ。そうおっしゃったので、お二人を信じて送り出しました」

冴香と沼田の二人なら、何が起きても対処できるだろうが、この状況で出かけるというのは、よほどのことがあったのだろう。

来栖がテーブルの上のリモコンを手に取りテレビのボリュームを上げた。

新宿御苑の事件について取り上げている。

「どの局も、朝からこのニュース一色です」

来栖がリモコンをテーブルの上に置いて言った。

「加世田議員は十時過ぎから病院で警察の聴取を受けています。ご覧のように取材陣の数は昨日よりだいぶ増えています」

今はこの病院に国民の注目が集まっている。

「翔太さんほどではありませんが、私もネットの反応を調べてみました。加世田議員は英雄扱いです。テロリストに屈しなかった加世田は本当の政治家だ。加世田を政府のテロ対策チームのトップにしろ。次の総理大臣は加世田で決まりだ。そんな声であふれています」

加世田が英雄視されるのは、大久保のネットでの発言があったからだ。テロリストの言いなりになった大久保。暴行を受けてもテロリストに屈しなかった加世田。その構図ができ上がっているのだろう。

「もうひとつ盛り上がっているのが、テロリストを目の前で全員死亡させてしまった警察の不手際を批判する声です。テレビの論調もネットと同じです」

誰にも予想もできない行動だった。だがそれは言い訳にはならない。警察は結果を出すことだけが求められている。今は加世田の証言から、テロリストの逮捕につながる情報を取ろうと必死になっているはずだ。

「佐々倉とは話ができましたか」

滝沢はテレビから来栖に視線を移して訊いた。

「電話で話をしました。御苑でのやり方について、こちらからは何も言っていません。当面、秀和に依頼することはないようです。むしろしばらくは、じっとしていろという感じでした」

捜査一課長の国山から釘を刺されたのかもしれない。国山なら、秀和がこれまでと同じような動きを続けたら、佐々倉や横光刑事局長の思惑は無視して、逮捕もしくは身柄を拘束するだろう。国山はそういう男だと思っていい。そして、それが公になれば、佐々倉はもちろん、横光刑事局長もただでは済まない。

身を守る武器を持たずに武神私塾と対峙はできない。秀和は難しい対応を迫られることになりそうだ。


加世田議員の記者会見が始まったのは午後六時を少し過ぎた時間だった。テレビは全ての局が特設ニュースで中継している。

沼田と冴香からはまだ連絡がない。

滝沢は来栖と向かい合ってソファーに腰を下ろしテレビに目を向けた。

病院内の会議室だろう。加世田が部屋に入ってきて正面のテーブルの前に腰を下ろした。白いガウンのような患者衣の上に紺のカーディガンを羽織っている。左腕を白い布で吊っている。頭には包帯が巻かれ、右の頰と口の脇にはガーゼが貼られている。痛々しい姿だが、正面を見据える目は、しっかりとしている。

フラッシュが嵐のようにたかれ、加世田が少し目を細めた。

医師がマイクを持ったのを機にフラッシュがやんだ。

医師は、加世田議員は左上腕の骨折、頭部や腹部に複数の打撲があると説明した。内臓に問題はないが、肉体、精神ともに極度の疲労があるので、会見は三十分で終わらせる。途中でも必要と判断したら中断するのでご協力をお願いする、と言ってマイクを加世田の前に置いた。

加世田がマイクを手にした。再びフラッシュの嵐が起こった。

「お集まりいただいて、ありがとうございます。まず、今回の件でご心配をおかけした国民の皆様、それに私のために必死に動いてくださった警察の方々に感謝いたします」

加世田が言葉を切り頭を下げた。

「あちこちけがはしていますが、私の精神は全くダメージを受けていません。この卑劣な犯行の以前と、考え方は寸分も変わっていません。これは国家を挙げたテロリストとの戦いです」

正面を見据えて、きっぱりと言い切った姿は、まるで映画のワンシーンのようだ。

加世田の言葉が終わるのを待って、記者からの質問が始まった。

加世田は、拉致された場所や時刻、どんな場所に連れ込まれたかは、捜査に支障があるといけないので答えられない、と前置きした。

加世田は、決して興奮した様子は見せず、淡々と質問に答えた。

事件の前と変わらず、テロリストは卑怯者の集まりであり、決して許すことはできない、という姿勢は一貫していた。静かな語り口が、かえって迫力を感じさせた。

大久保の動画の件に質問が及んだ。

「大久保先生がどういう状況でいたのか、私は全く知りません。ですから、それについては一切お話しすることはできません」

冷静な口調でそう答えた。

何かを強要され、それを断ったので暴行を受けたのではないかと記者が質問した。

「私のこれまでの発言が気に入らなかったので、暴力をふるったのではないかと思います」

加世田は淡々と話したが、誰もが大久保をかばっているのだと思うだろう。

最後に加世田は、気になる発言をした。

「政府の今のやり方では、テロリストを殲滅《せんめつ》することはできません。日本が、テロリストや世界の無法国家とどう対峙していくべきか、私は政治家として、今後、さらに真剣に考え、取り組んでいきたいと考えています」

記者から真意を問う質問が出たが、隣の医師が、会見はここまで、と言って加世田を促して会見室を出ていった。

テレビの画面がスタジオに移った。

「どう思いますか」

来栖が顔を向けてきた。

「事件の解決につながるような発言はありませんでしたね。どこまで話すか、警察とも話し合ったのでしょう。最後の政府批判は、これから話題になりますね」

滝沢の言葉に来栖が頷いた。

「政府も加世田議員に言われっぱなしにはしないでしょう。加世田議員は与党議員で立場は政府の側です。うまく取り込んで、世間の批判の防波堤にすることくらいは考えるでしょうね」

加世田がどう考えるかはわからないが、これからその発言や行動がいっそう影響力を持つことは間違いない。

しばらく二人とも口を開かずにいた。

奥の部屋のドアが開く音がした。顔を向けると、翔太が出てきた。昨日と同じ服のままだ。

「大丈夫か」

滝沢は翔太に声をかけた。

「心配かけちゃって、ごめんなさい」

翔太が滝沢の隣に腰を下ろした。思ったよりも落ち着いているように見える。それでも、武神私塾の塾生に、こめかみに銃口を当てられていたのだ。その後の彼らの行動も目の当たりにしている。普通の精神状態でいられるはずはない。

「やはり僕には、この仕事は無理だ。車の運転だけでも協力するつもりだったけど、このざまだ」

寂しそうな笑みを滝沢に向けてから、すっと下を向いた。

「今回のことは俺の落ち度だ。私塾を罠にはめるつもりでいたので油断があった」

「頭に銃を当てられていた時、本当に怖かった。死にたくない。死にたくない。それだけを考えていた」

翔太が滝沢の言葉を無視して続けた。

「昨日、部屋に入ってからも、その恐怖が何度も襲いかかってきた。奴らは狂っている。しばらくベッドの中で震えてた」

翔太が顔を上げた。

「でも実際に奴らに殺された人たちがいる。そう思うとたまらなくなって、渋谷のテロの現場の映像を見たんだ。ニュースで流れる映像じゃない。近くにいた人がスマホで撮った映像だよ。血だらけで倒れている若い男や女が映っている。この人たちも死にたくなかったはずだ。恐怖を感じる間もなく命を奪われた。悔しがることも犯人を憎むこともできない。理不尽なんて言葉では言い表せないよね。それがどんなことなのか、自分が死に直面して、初めてわかった」

翔太が来栖に顔を向けた。

「僕は警察官だった。そして今、秀和にいる。卑劣なテロリストと戦うチャンスを与えられている。道路で血を流して倒れている彼らの無念を晴らすことができるかもしれない。もう一度、みんなと戦いたい。そう思った。それが秀和にいる意味だと」

滝沢に視線を戻した。

「でも怖いんだ。情けないけど本当に怖いんだ。だから倒れている彼らに、ごめんなさい、としか言えない。一晩中、謝り続けた。ごめんなさい、ごめんなさいと」

翔太が歯を食いしばって下を向いた。

「翔太さん」

来栖が声をかけた。翔太は下を向いたままだ。

「私はかつて警察組織の人間でした。でも銃もまともに撃てません。逮捕術も身についていません。それでも戦うことはできると思っています。危険な部分は、皆さんに任せている私が言うのも口幅ったいかもしれません。でも戦い方はそれぞれです」

来栖の口調は穏やかだが、強い意志を感じさせた。

翔太が顔を上げた。

「来栖さん、ありがとう。外には怖くて出られないかもしれない。それでもできることがあったら、遠慮なく声をかけてほしい。何かをしなけりゃいけない。その気持ちだけは失いたくない」

翔太が滝沢に顔を向けてきた。

「滝さん、迷惑はかけないようにする。もう少しここにいていいかな」

「当たり前だ。お前は俺たちの大切な仲間だ」

滝沢が言うと、翔太は静かに頷いた。

沼田と冴香が帰ってきたのは、午後九時過ぎだった。

二人とも厳しい表情だ。

「来栖さん、勝手なことをして申し訳ありませんでした」

沼田が来栖に頭を下げた。

「みんな揃っているな」

リビングを見回して沼田が言った。

滝沢の正面に座っていた翔太が滝沢の隣に移り、沼田と冴香が並んで座った。

来栖はいつもの位置だ。

「結論から言う」

沼田がみんなの顔を見回して言った。

「加世田智明は、武神私塾の一員だ」

何を言っているのか、すぐにはわからなかった。訊きたいことはあると思うが、

「俺も冴香から聞かされた時には理解ができなかった。訊きたいことはあると思うが、まず冴香の話を聞いてくれ」

沼田が冴香に顔を向けた。

冴香が厳しい表情のまま頷いた。

34

忘れたい、いや忘れなければいけない。子供ながら自分に言い聞かせていた。しかし昨夜、全てを記憶の奥から掘り起こし、そして間違いないと思った。

冴香は、いったん目を閉じ大きく息を吸った。そして目を開いた。心から信頼できる仲間の顔が並んでいる。

「港の道場には地下にも部屋があると言った時、どういう部屋か訊かれて、忘れたと答えた。それは、あの部屋で見たことを忘れる。それが兄との約束だったから」

いったん言葉を切り気持ちを落ち着かせた。

「私が父に連れられて兄と一緒に港の道場に行ったのは、小学三年生の時だった。兄は中学一年生だった」

忘れたと自分に言い聞かせていたが、今もはっきりと覚えている。

着いてすぐに父と兄は上の階に行き、冴香は一階の事務所で待つように言われた。隣の倉庫に食事を運ぶように頼まれた以外は、会話をすることもなかった。しばらくして事務員たちが帰っていった。

一人ぼっちで残されて不安だった。玄関のガラス扉の向こうに広がるネオンの華やかさが、かえって一人でいる不安を大きくした。

いつの間にか机に突っ伏して寝てしまった。目が覚めて辺りを見回した時、地下に下りていく人影が目に入った。お兄ちゃんだ。そう思うと、いてもたってもいられなくなり、後を追って地下に下りた。

暗い廊下の先に明かりの点いている部屋があった。ドアは半分開いていた。お兄ちゃんがいるはず。そう思いながら近づいていった。

くぐもった気味の悪い声が聞こえてきて足を止めた。怖くなって廊下に並んでいるロッカーの陰に隠れた。気味の悪い声はまだ聞こえている。

ロッカーの陰から、そっと顔を出して少し離れた部屋の入り口を見た。

声を上げそうになった。裸の男の人が両手を縛られて天井からぶら下げられている。顔には白い布が巻かれている。手前には身体の大きな坊主頭の男の人が上半身裸で棒を持って立っている。背中に大きな傷の痕がある。左の肩には二匹の蝶《ちょう》が飛んでいる絵が描いてある。鮮やかな赤と青の蝶が冴香の恐怖をさらに大きくした。

男の人が棒を振り上げ、ぶら下げられている人の身体を思い切り叩いた。何度も何度も。気味の悪い声は、叩かれている男の人の口から漏れている声だった。叩いていた男の人が棒を放り投げた。隣から黒い棒が渡された。先がオレンジ色に焼けている。ぶら下げられている男の人の胸に棒の先が押し当てられた。布を揺らして悲鳴が上がり、ぶら下がった身体が激しく左右に揺れた。

信じられない光景に身体が固まった。悲鳴を上げそうになった時、後ろから手が伸びてきて口をふさがれた。心臓が破裂するかと思った。

「冴香、お兄ちゃんだ。声を出すんじゃない」

「誰だ」

部屋の中から声がした。

「龍矢です」

お兄ちゃんが、冴香を背中に回して答えた。

上半身裸の男の人が部屋から出てきて、後ろ手でドアを閉めた。棒は持っていなかった。

「何か用か」

「僕たちは岡谷に帰るので、トモアキさんに伝えるよう、父に言われました」

兄が落ち着いた声で答えた。

男の人の目が冴香に向いた。お兄ちゃんにしがみついた。

「妹の冴香です」

「そうか。今、取り込んでいるので、先生にご挨拶できない。よろしく伝えてくれ」

「わかりました」

お兄ちゃんが言うと、男の人はドアを開けて部屋の中に入っていった。

お兄ちゃんに手を引かれて一階に戻った。胸のどきどきは止まらない。ぶら下げられている人はどうなっちゃうんだろう。涙が出てきた。

ソファーに座らされた。

「冴香、目をつぶって」

言われた通りにした。お兄ちゃんが指で涙を拭いてくれた。その手が冴香を包み込むように両頰に優しく当てられた。

「いいかい。冴香は、ちょっとだけ怖い夢を見たんだ。今のことは夢なんだ。だから忘れるんだよ。いいね」

頰に当てられた手が温かかった。胸のどきどきが静かになっていく。しばらくお兄ちゃんの手の温もりを頰で感じていた。

「忘れられるね。約束だよ」

お兄ちゃんの言葉に頷いた。

「よし。じゃあ帰ろう」

目を開けると優しく微笑むお兄ちゃんの顔があった。

さっきのは夢だったんだ。何度も自分に言い聞かせた。だから忘れる。お兄ちゃんとの約束だから。

## 35

「これが品川埠頭の事務所であったことよ」

冴香が四人の顔を見渡して言った。

滝沢は、冴香の顔を見つめながら大きく息を吐いた。

「その男が加世田智明だというんだな」

「当時は、スキンヘッドで、かなり太っていたから、すぐには気づかなかった。でも何度も見るうちに、間違いない、そう思った」

冴香の言葉を沼田が引き取った。

「あの病院の事務局長に連絡した。しばらく抜けられないというので、近くに車を駐めて待っていた。マスコミの車がたくさんいたので、その中に紛れてな」

沼田が硬い表情で説明を続けた。

午後七時過ぎに病院の裏手の駐車場で会うことができた。何も言わずに協力してくれ。そう言って、加世田の背中の傷跡と左肩のタトゥーの件を話した。事務局長は少し躊躇いを見せたが、できるだけのことはしてみると言って病院に戻っていった。

一時間ほどで連絡があり、再び同じ場所で会った。

加世田の全身を調べ、治療した医師に聞いた話を伝えてくれた。

背中には斜めに四十センチほどの長い切り傷の痕があった。最初の手当てが雑だったので傷跡はかなり目立ったはずだが、その後に美容外科で使う傷跡修正手術で目立たないように処置がされていた。左肩は皮膚移植の痕が残っていた。移植前の状態はわからないが、一般的にはタトゥーを消す施術だということだ。

「もうひとつ、事務局長の話では、鼻と顎に整形手術の痕跡があったそうだ。医師は、政治家も大変ですね、と笑っていたそうだ」

沼田の説明はそれで終わりだった。

「どうですか。認めないわけにはいかないでしょう」

沼田が来栖に向かって言った。

「傷跡やタトゥーの痕跡が偶然ということは万に一つもないでしょうね。冴香さんのお兄さんは、男をトモアキと呼んでいた。疑う余地はないと思います」

来栖の言葉に、滝沢も頷くしかなかった。

武神私塾が長い年月をかけて、政財界や警察、自衛隊、マスコミなどに人を送り込んでいるとは聞いている。だがなぜ私塾の一員の政治家が、テロリスト糾弾の急先鋒になっているのか。

「武神私塾の狙いがどこにあるのかは、わかりません。ですがひとつ腑《ふ》に落ちたことがあります」

来栖が少し考えるようにして続けた。

「加世田議員が誘拐された時、大手の一紙だけが朝刊で報道しました。公人とはいえ思い切った判断だと思いました。ですが誘拐の報道にゴーサインを出せる新聞社の上層部にも、私塾の一員がいたとしたら納得できます」

「報道しても、加世田に命の危険はないとわかっていたということですか」

新聞社の大胆な決断ではなく、出来レースを報じただけということになる。

今や加世田は国民から英雄視されている。政界での影響力も大きくなるだろう。

武神私塾はこの国にどこまで根を広げているのか。滝沢たちが想像するより、はるかにその根は深く、時間をかけてこの国を蝕んでいる。

「みなさん、あれを」

来栖が言ってテレビを指さした。音声は落としてある。

画面の上に速報スーパーが流れている。

「衆議院第一議員会館内で爆発　テロとの関連捜査　警視庁」

武神私塾の攻撃は終わらない。滝沢は、繰り返し流れる画面の文字を見つめた。

風が窓を叩く音だけが耳に届いた。

本作品は書き下ろしです。
この物語はフィクションです。

双葉文庫

い-65-02

法外捜査《ほうがいそうさ》 2

2024年5月18日　第1刷発行

【著者】
石川渓月《いしかわけいげつ》


【発行者】
箕浦克史
【発行所】
株式会社双葉社
〒162-8540 東京都新宿区東五軒町3番28号
［電話］03-5261-4818（営業部）　03-5261-4831（編集部）
www.futabasha.co.jp（双葉社の書籍・コミックが買えます）
【印刷所】
大日本印刷株式会社
【製本所】
大日本印刷株式会社
【カバー印刷】
株式会社久栄社
【DTP】
株式会社ビーワークス

【フォーマット・デザイン】
日下潤一


---



---

ISBN978-4-575-52754-4 C0193
Printed in Japan

# ドリフター

梶永正史

バリ島爆破テロで恋人を亡くした元自衛官の豊川は、たった独りでテロ組織を壊滅させて復讐を果たし日本に帰国。ホームレスにまで堕ちて漂流生活を送っていたが、謎の情報提供者・ティーチャーにより、壊滅させたテロ組織の背後に中国の陰謀があるとわかる。頭脳明晰にして格闘技&銃器の達人、女にはちょっと甘い⁉ 現代のランボーが悪の組織を倒す痛快アクション小説！

文庫判　本体価六八〇円＋税

# デッドエンド

柴田哲孝

笠原武大は、妻を殺害した罪で千葉刑務所に服役している。だが、一日も早くここを出ると決意していた。たとえどんな手を使ってでも。綿密な計画を練り、数十台のカメラの監視をかいくぐって、笠原は高さ三・五メートルの塀を越えた——。一方、捜索の指揮を執る田臥健吾警視は、警察庁の公安課に属し、本来は畑違いであるはずの自分が追手に選ばれたことに疑念を持っていた。追う者と追われる者、それぞれの思惑と疑念が交差するなか、笠原の娘・萌子が誘拐されたというニュースが飛び込んでくる。

文庫判　本体価七一三円＋税